SOCIÉTÉ DES AMIS DES LIVRES

SÉRÉNUS

HISTOIRE D'UN MARTYR

PAR

JULES LEMAITRE

(DE L'ACADÉMIE FRANÇAISE)

SÉRÉNUS

HISTOIRE D'UN MARTYR

JULES LEMAITRE

DE L'ACADÉMIE FRANÇAISE

———

SÉRÉNUS

HISTOIRE D'UN MARTYR

PARIS

SOCIÉTÉ DES AMIS DES LIVRES

———

1905

DEVX MARTYRS

I

N MATIN DU MOIS DE MARS DE L'AN 90,
UNE HEURE AVANT LE LEVER DU SOLEIL,
QUELQUES HOMMES ÉTAIENT ARRÊTÉS À
LA PORTE DE LA PRISON MAMERTINE,
SUR LES MARCHES DE L'ESCALIER QUI
MENAIT DE LA RAMPE DE L'ASYLE À
LA RUE DU FORUM DE MARS. IL Y
AVAIT AU MILIEU D'EUX UN VIEILLARD
À GRANDE BARBE BLANCHE, AVEC DE
GROSSES VEINES AU FRONT ET DES
YEUX BRILLANTS. DEUX LITIÈRES VIDES
ÉTAIENT POSÉES AU BAS DES MARCHES.

IL FAISAIT FROID; UNE PLUIE FINE
TOMBAIT; LE CIEL, À

SÉRÉNUS

L'ORIENT, SE TEIGNAIT D'UN JAUNE BLAFARD ET COMME FAN-
GEUX. LA VILLE ÉTERNELLE, QUI COMMENÇAIT À SORTIR DES
TÉNÈBRES, DÉROULAIT AUTOUR DU CAPITOLE UNE HOULE GRI-
SÂTRE DE MAISONS, PAREILLE À UNE MER BOURBEUSE APRÈS LA
TEMPÊTE. DE LOURDS MONUMENTS SURGISSAIENT ÇÀ ET LÀ,
ET LEURS ARÊTES MOUILLÉES LUISAIENT FAIBLEMENT DANS LE
CRÉPUSCULE.

— C'EST BIEN POUR CE MATIN, STYRAX? DIT LE VIEILLARD À
L'UN DES HOMMES.

— OUI, PÈRE TRÈS SAINT. MON PAUVRE MAÎTRE SÉRÉNUS A
PU ME FAIRE AVERTIR HIER SOIR, ET J'AI CE QU'IL FAUT POUR
QU'ON NOUS DÉLIVRE SON CORPS. ET VOICI DÉMÉA QUI RETIRERA
LE CORPS DE L'ILLUSTRE CONSULAIRE FLAVIUS CLEMENS. LE
LICTEUR ET LES TRIUMVIRS CAPITAUX SONT DÉJÀ DANS LA PRISON;
MAIS LE GEÔLIER NE NOUS LAISSERA ENTRER QUE LORSQUE TOUT
SERA FINI.

— PRIONS POUR NOS FRÈRES, MURMURA LE VIEILLARD.

A CE MOMENT, LES TROIS MAGISTRATS CHARGÉS DE PRÉSIDER
AUX EXÉCUTIONS SORTIRENT DE LA PRISON. STYRAX PRÉSENTA À
L'UN D'EUX UN PARCHEMIN REVÊTU D'UN SCEAU.

— C'EST BIEN; LE GEÔLIER VOUS DONNERA LES CORPS, DIT
LE TRIUMVIR EN LEUR MONTRANT UNE ESPÈCE DE GÉANT BLOND,
UN HOMME DE RACE GERMANIQUE, QUI SE TENAIT, UNE TORCHE
À LA MAIN, SUR LE SEUIL DE LA PORTE ENTR'OUVERTE.

STYRAX ET DÉMÉA ENTRÈRENT DERRIÈRE LE GEÔLIER, SUIVIS
DU VIEILLARD ET DE QUATRE HOMMES PORTANT LES CIVIÈRES.

UN VESTIBULE; UN LONG COULOIR OBSCUR; QUELQUES MARCHES,
PUIS UN CACHOT. AU MILIEU, UN CORPS ENVELOPPÉ D'UN
MANTEAU ET UNE TÊTE COUPÉE, UNE LONGUE TÊTE AUX JOUES
CREUSES ET AUX CHEVEUX GRIS.

— VOICI, DIT LE GEÔLIER, LE CORPS DU CONSULAIRE FLAVIUS
CLEMENS.

UNE FLAQUE DE SANG LUISAIT PAR TERRE. UN DES HOMMES Y

SÉRÉNUS

TREMPA LE BOUT D'UN LINGE BLANC, QU'IL ROULA SOIGNEUSEMENT ET CACHA DANS SA TUNIQUE.

ON PASSA DANS UN CACHOT VOISIN.

LE CORPS D'UN HOMME ENCORE JEUNE GISAIT DANS UN COIN. LA TÊTE N'ÉTAIT PAS SÉPARÉE DU TRONC. LA BARBE ET LES CHEVEUX ÉTAIENT NOIRS, LES TRAITS FIERS ET DÉLICATS. CHOSE SINGULIÈRE, LES LÈVRES FINES, ENTR'OUVERTES PAR UN LÉGER RICTUS, ET LE PLI UN PEU DUR DES SOURCILS RAPPROCHÉS DONNAIENT À CE BEAU VISAGE ÉNIGMATIQUE UN AIR D'IRONIE ET D'ORGUEIL JUSQUE DANS LA MORT.

— VOICI, DIT LE GEÔLIER, LE CORPS DE MARCUS ANNÆUS SÉRÉNUS. ON L'A TROUVÉ MORT CE MATIN, ET LES TRIUMVIRS ONT DIT QUE CE N'ÉTAIT PAS LA PEINE DE DÉCAPITER UN CADAVRE. JE PENSE QU'IL S'EST EMPOISONNÉ.

LA RUDE FIGURE DU VIEUX PRÊTRE EUT UNE CONTRACTION SUBITE. C'ÉTAIT DE LA SURPRISE, DE LA DOULEUR ET DE LA COLÈRE.

— VOUS VOUS TROMPEZ, DIT-IL DUREMENT; MARCUS ÉTAIT DEPUIS LONGTEMPS MALADE... LA PRISON L'A ACHEVÉ, CELA N'A RIEN D'ÉTONNANT. N'EST-CE PAS, FRÈRES? AJOUTA-T-IL D'UNE VOIX IMPÉRIEUSE EN SE TOURNANT VERS SES COMPAGNONS.

STYRAX PLEURAIT. LES AUTRES ÉTAIENT OCCUPÉS À PLACER LES DEUX CADAVRES SUR LES CIVIÈRES, ET, QUAND CE FUT FAIT, ILS LEUR BAISÈRENT LES PIEDS.

ILS RENCONTRÈRENT, EN SORTANT, QUELQUES BADAUDS ATTROUPÉS : DES PORTEFAIX, DES ESCLAVES, UN CRIEUR PUBLIC, QUI SUIVIRENT CURIEUSEMENT DES YEUX LE CORTÈGE FUNÈBRE...

— VOULEZ-VOUS SAVOIR, DIT LE CRIEUR, QUI VOUS VENEZ DE VOIR PASSER LES PIEDS EN AVANT DANS LEUR DERNIER CARROSSE? DEUX PATRICIENS, S'IL VOUS PLAÎT! FLAVIUS CLEMENS LE CONSULAIRE, LE PROPRE COUSIN DE L'EMPEREUR, ET SÉRÉNUS, DONT LE PÈRE, DANS LES TEMPS, RECRUTAIT DE JOLIES FEMMES POUR LES PLAISIRS DE NÉRON. DOMITIEN LES A CONDAMNÉS À

MORT PARCE QU'ILS CONSPIRAIENT CONTRE L'ÉTAT, ET, QUOIQUE
PATRICIENS, LES A FAIT METTRE EN PRISON ET DÉCAPITER PARCE
QUE C'ÉTAIT SON BON PLAISIR. SEULEMENT IL LES A, COMME
VOUS VOYEZ, EXEMPTÉS DES GÉMONIES, CE QU'IL NE FERAIT
NI POUR VOUS NI POUR MOI, QUI SOMMES DE PAUVRES HÈRES.
LA FEMME ET LA NIÈCE DU CONSULAIRE, AINSI QUE LA SŒUR

DE SÉRÉNUS, SONT
PRÉSENTEMENT EN
ROUTE POUR L'ÎLE DE
PANDATARIA. AU
RESTE, CES CHOSES-LÀ
SE PASSENT SANS LE
MOINDRE BRUIT.
VOILÀ COMME CELA,
DEPUIS DEUX OU
TROIS ANS, PAS MAL
DE SÉNATEURS ET DE
GRANDES DAMES QUI
DISPARAISSENT UN
BEAU JOUR SANS DIRE
POURQUOI. CECI NOUS
ENSEIGNE LA VA-
NITÉ DES GRANDEURS.
QUANT À CEUX QUI
ESCORTAIENT LES
DEUX MORTS, CE SONT DE CES GENS QU'ON APPELLE CHRÉTIENS,
TOUT CE QU'IL Y A DE PIRE EN FAIT DE JUIFS. ILS ADORENT
UNE TÊTE D'ÂNE ET SONT LES ENNEMIS DU PEUPLE ROMAIN.
JE SUIS, PAR MÉTIER, AU COURANT DES NOUVELLES, ÉTANT
PETIT-FILS ET SUCCESSEUR DE L'ILLUSTRE VULTÉÏUS MÉNA QUI
VIVAIT SOUS LE DIVIN AUGUSTE ET DONT LE POÈTE HORACE A
CONTÉ L'HISTOIRE. ET MAINTENANT, COMME IL FAIT PRESQUE
JOUR ET QU'IL VA FALLOIR PEINER ENCORE, JE M'EN VAIS BOIRE

À la taverne un pot de vin de la Sabine.

Cependant la petite troupe des chrétiens, après avoir suivi la Voie Sacrée et la Voie Triomphale, franchit la porte Capène et prit la Voie Appia. À cette heure, la route était presque déserte : à peine quelques voitures de maraîchers se rendant à la ville.

La pluie avait cessé et le beau temps était revenu avec le jour. Les tombeaux qui, des deux côtés, bordaient la chaussée sonore, tout

SÉRÉNUS

luisants de la pluie récente, étincelaient sous le soleil levant au milieu des bosquets funéraires. Des gouttes glissaient sur les feuilles rafraîchies des lauriers-roses; les lilas étaient en fleur, et aux branches des autres arbres les premières feuilles pointaient comme une écume verte. Des oiseaux chantaient autour des sépulcres et une extrême douceur était répandue dans l'air.

Les chrétiens aux faces mortifiées traversaient lugubrement, penchés sur les corps de leurs martyrs, cette nature animée et joyeuse. Pourtant l'un d'eux ne put s'empêcher de dire :

— La belle matinée!

Le regard que lui jeta le vieux prêtre lui fit comprendre qu'il avait mal parlé. Évidemment ce vieillard ne se souciait point des arbres, des oiseaux ni du soleil. Il était indifférent à tout, hormis à sa pensée intérieure, et la gaieté des choses lui était en ce moment un scandale dont il détournait ses yeux.

Après avoir suivi pendant une heure la voie Appienne, les chrétiens tournèrent à droite et prirent la voie Ardéatine. Au bout de quelques centaines de pas, ils s'arrêtèrent devant une façade de briques large et basse, adossée à une colline toute fleurie de primevères. C'était le tombeau de Flavius Clemens. La porte ouverte et une torche allumée, les deux corps furent déposés dans une vaste chambre souterraine.

Le prêtre congédia ses compagnons :

— Laissez-moi avec nos martyrs; demain nous célébrerons leurs funérailles. Avertissez les fidèles.

Resté seul, il plaça la torche dans un godet de fer fixé à la muraille. Par instants, de larges lueurs éclairaient violemment son visage aux traits énergiques, qu'on eût dit taillé dans un bois très dur, et couraient sur les

SÉRÉNUS

PLIS DES DEUX LINCEULS, QUI SEMBLAIENT ALORS REMUER, TANDIS QUE DES REFLETS ROUGEÂTRES TRAVERSAIENT EN DANSANT LA VOÛTE DE L'HYPOGÉE.

IL SE MIT À GENOUX, SUR LES DALLES, ENTRE LES DEUX CADAVRES, ET PRIA LONGTEMPS. PUIS IL SOULEVA L'UN DES SUAIRES ET PRIT ENTRE SES MAINS LA TÊTE COUPÉE DE FLAVIUS CLEMENS. ELLE ÉTAIT JAUNE COMME DE LA CIRE; LE NEZ BUSQUÉ S'AMINCISSAIT DÉJÀ, ET LE BLANC DES YEUX RÉVULSÉS ET L'ÉCLAT DES DENTS UN PEU LONGUES ENTRE LES LÈVRES EXSANGUES FAISAIENT EFFRAYANTE CETTE TÊTE MORTE. LE PRÊTRE LA BAISA SUR LE FRONT, ESSAYA SANS Y PARVENIR DE LUI FERMER LA BOUCHE ET LES YEUX, ET LA REMIT DOUCEMENT SUR LE BRANCARD.

ENSUITE IL DÉCOUVRIT LE VISAGE DE SÉRÉNUS. LA BOUCHE IRONIQUE S'ÉTAIT DÉTENDUE, LE PLI DES SOURCILS S'ÉTAIT EFFACÉ, ET SES TRAITS IMMOBILES ÉTAIENT EMPREINTS D'UNE GRANDE DOUCEUR. LE PRÊTRE FIXA SUR CE GRACIEUX VISAGE ENDORMI UN REGARD AIGU, OBSTINÉ, COMME S'IL EÛT VOULU PÉNÉTRER JUSQU'AU FOND DE L'ÂME MYSTÉRIEUSE QUI N'HABITAIT PLUS CE CORPS ÉLÉGANT. ET À MESURE QU'IL LE CONSIDÉRAIT, IL ÉTAIT PRIS DE COLÈRE CONTRE CE CHRÉTIEN QUI SEMBLAIT S'ÊTRE ÉTEINT SANS DOULEUR, COMME UN GENTIL DANS SON BAIN TIÈDE, CONTRE CE MARTYR DOUTEUX DONT LE CORPS N'OFFRAIT AUCUN VESTIGE DE SOUFFRANCES EXPIATOIRES, CONTRE CE MORT SI PROPRE, PRESQUE SOURIANT DANS SON DERNIER SOMMEIL, ET QUI AVAIT EMPORTÉ SON SECRET.

TANDIS QU'IL SCRUTAIT CE CADAVRE D'UNE INTERROGATION MUETTE ET FURIEUSE, L'UNE DE SES MAINS S'ÉTAIT APPUYÉE SUR LA POITRINE DE SÉRÉNUS. IL SENTIT SOUS LE LINCEUL QUELQUE CHOSE DE RÉSISTANT ET QUI AVAIT LA FORME D'UN ROULEAU DE PAPYRUS. IL EXAMINA LES VÊTEMENTS DU MORT ET DÉCOUVRIT EN EFFET DANS LA DOUBLURE DE SA TUNIQUE DE SOIE, QU'IL DÉCHIRA BRUSQUEMENT, UN PETIT ÉTUI DE POURPRE, ET DANS

CET ÉTUI UNE ÉTROITE BANDE DE PARCHEMIN ROULÉE AUTOUR D'UN BÂTON D'IVOIRE. IL RECONNUT L'ÉCRITURE DE SÉRÉNUS; MAIS, LES CARACTÈRES ÉTANT TRÈS FINS, IL NE PUT LES DÉCHIFFRER À LA LUEUR MOBILE DE LA TORCHE.

ALORS, SANS SONGER MÊME À RECOUVRIR LA FACE PÂLE DE SON FRÈRE EN CHRIST, IL S'ÉLANÇA HORS DE L'HYPOGÉE, FERMA LA PORTE À LA HÂTE ET S'ENFUIT DU CÔTÉ DE ROME À GRANDS PAS.

LA FOULE COMMENÇAIT À GROUILLER DANS LES RUES. C'ÉTAIENT DES BANDES DE CLIENTS ALLANT CHERCHER LA SPORTULE, OU D'ESCLAVES

SÉRÉNUS

REVENANT DES PROVISIONS; DES BADAUDS ATTROUPÉS AUTOUR D'UN HERCULE OU D'UN CHARLATAN; DES MARCHANDS D'AL-LUMETTES ET DES MARCHANDS DE TRIPES; DES CITOYENS ATTENDANT LEUR TOUR SOUS L'AUVENT D'UN BARBIER; DES FEMMES DU PEUPLE SE PRESSANT, L'ÉCUELLE DE TERRE À LA MAIN, DEVANT LES TAVERNES OÙ L'ON VEND DES POIS FRITS, DES LUPINS CUITS À L'EAU, DES FÈVES, DES SAUCISSES ET DE LA TÊTE DE MOUTON BOUILLIE; DES ENFANTS PRESQUE NUS, BRUNS COMME DES GRILLONS, BARBOTANT DANS LA BOUE DU RUISSEAU; UN TROUPEAU D'ÂNES PORTANT DES IMMONDICES DANS DES COUFFINS D'OSIER; DES BOIS DE CONSTRUCTION BRANLANT SUR DES CHARIOTS; DES HEURTS, DES CRIS, DES JUREMENTS, DES ÉCLATS DE VOIX PERDUS DANS UN IMMENSE BOURDONNEMENT; TOUTES LES COULEURS, TOUS LES COSTUMES, TOUTES LES LANGUES; UN MÉLANGE DE TOUTES LES POPULACES DE L'UNIVERS.

MAIS LE VIEILLARD, SERRÉ DANS UN GROSSIER MANTEAU DE LAINE GRISE, JOUANT PARFOIS DE SES COUDES POINTUS, FENDAIT LA COHUE SANS RIEN VOIR NI RIEN ENTENDRE. IL S'ENGAGEA DANS LA RUE SUBURRANE ET ENTRA DANS UNE VIEILLE MAISON À CINQ ÉTAGES, NOIRE ET LÉZARDÉE, À LAQUELLE S'ADOSSAIENT UN CABARET D'ESCLAVES ET L'ÉCHOPPE D'UN SAVETIER. C'EST LÀ QU'IL DEMEURAIT, PARCE QUE C'ÉTAIT UN HOMME TRÈS SAINT QUI PRATIQUAIT LA PAUVRETÉ ET QUI TRAITAIT DURE-MENT SON CORPS, ET AUSSI PARCE QU'IL TROUVAIT DANS CE QUARTIER DE LA MISÈRE DE MEILLEURES ET PLUS NOMBREUSES OCCASIONS D'ANNONCER LA FOI DU CHRIST.

IL GRAVIT UN ESCALIER DE BOIS RAIDE ET INÉGAL, PRATIQUÉ DANS LA COUR INTÉRIEURE. ARRIVÉ AU CINQUIÈME ÉTAGE, IL OUVRIT UNE PORTE SUR LAQUELLE ÉTAIT ÉCRIT EN LETTRES ROUGES CE NOM : TIMOTHÉE.

C'ÉTAIT LE NOM DU VIEILLARD, ET CETTE INSCRIPTION DE-VAIT FACILITER AUX FIDÈLES LA DÉCOUVERTE DE SON TAUDIS.

Une natte, un escabeau, une table et quelques vases de terre en composaient l'ameublement. Par la fenêtre, où le vent secouait une méchante toile mal attachée, arrivait la rumeur de Rome.

Timothée tira de dessous sa tunique le manuscrit de Sérénus et le lut avidement.

MANVSCPIT
DESEPENVS

II

E SUIS BIEN FOU D'ENTREPRENDRE CETTE CONFESSION. OU ELLE NE SERA POINT LUE, OU ELLE DÉSOLERA CEUX QUI LA LIRONT. MAIS PEUT-ÊTRE QU'EN ME RACONTANT UNE DERNIÈRE FOIS À MOI-MÊME, JE ME JUSTIFIERAI À MES PROPRES YEUX. DES CŒURS EXCELLENTS M'ONT AIMÉ, ET AUCUN NE M'A VRAIMENT CONNU. OR, QUOIQUE J'AIE LONGTEMPS MIS MON ORGUEIL À VIVRE EN MOI ET À N'ÊTRE PÉNÉTRÉ PAR PERSONNE, AUJOURD'HUI MON SECRET ME PÈSE. UN REGRET ME VIENT, ET PRESQUE UN REMORDS, D'AVOIR

SI BIEN JOUÉ LE RÔLE SINGULIER QUE LES CIRCONSTANCES ET MA CURIOSITÉ ONT FINI PAR M'IMPOSER. JE VOUDRAIS, POUR ME PERSUADER QUE JE N'AI PU FAIRE AUTREMENT, RESSAISIR TOUTE LA CHAÎNE DE MES SENTIMENTS ET DE MES ACTIONS DEPUIS MON PLUS LOINTAIN PASSÉ JUSQU'À CE JOUR OÙ JE VAIS MOURIR.

« MON PÈRE L. ANNÆUS SÉRÉNUS ÉTAIT CAPITAINE DES GARDES DE NÉRON. IL AVAIT LE CŒUR NOBLE, L'ÂME INQUIÈTE, LA VOLONTÉ FAIBLE : AMBITIEUX ET CONVAINCU DE LA VANITÉ DE TOUTES CHOSES, VOLUPTUEUX ET PROMPT À SENTIR L'AMERTUME QUI GÎT AU FOND DES PLAISIRS CHARNELS, AIMANT LA VIE ET LA MÉPRISANT, PLEIN DE DÉSIRS ET VIDE D'ILLUSIONS. IL CONSENTIT À PASSER POUR L'AMANT DE L'AFFRANCHIE ACTÉ, AFIN QUE NÉRON, TRÈS JEUNE ALORS ET SURVEILLÉ DE PRÈS PAR AGRIPPINE, PÛT, SOUS CE COUVERT, VOIR LIBREMENT SA MAÎTRESSE. LE RÔLE AUQUEL SE PRÊTAIT MON PÈRE N'AVAIT RIEN DE MAGNIFIQUE. SON EXCUSE, C'EST QU'IL S'ARRANGEA POUR NE MENTIR QU'À MOITIÉ, ACTÉ N'ÉTANT POINT UNE INHUMAINE. IL JOUAIT AINSI PLUS GROS JEU QU'IL N'EÛT FAIT EN REFUSANT AU PRINCE CE SERVICE DÉLICAT; MAIS C'ÉTAIT ENCORE UN DES TRAITS DE SON CARACTÈRE DE PRENDRE SA REVANCHE DE SES FAIBLESSES PAR DE DANGEREUSES FANTAISIES. AJOUTEZ QUE LES MŒURS DES COURS D'ORIENT COMMENÇAIENT À S'INTRODUIRE À CELLE DES EMPEREURS ROMAINS, ET QUE L'OBÉISSANCE AU PRINCE, N'IMPORTE EN QUELLE MATIÈRE, Y PASSAIT DÉJÀ POUR HONORABLE. ENFIN MON PÈRE AVAIT POUR NÉRON UNE SORTE D'AFFECTION, EN PARTIE JUSTIFIÉE. NÉRON ÉTAIT À CETTE ÉPOQUE UN ADOLESCENT VANITEUX, VIOLENT ET SOURNOIS, MAIS AVEC DES GOÛTS D'ARTISTE ET, PARFOIS, DES MANIÈRES FÉLINES ET ENVELOPPANTES QUI RESSEMBLAIENT À DE LA TENDRESSE. PLUS TARD CE MAUVAIS COMÉDIEN, AFFOLÉ PAR LA TOUTE-PUISSANCE, DEVINT LE PLUS MÉCHANT DES HOMMES. A DIX-HUIT ANS CE N'ÉTAIT QU'UN JOLI MONSTRE CAPRICIEUX, ET SÉDUISANT À SES HEURES COMME UNE FEMME.

« MON PÈRE NE POUVAIT GUÈRE S'OCCUPER DE MOI, ET MA

S É R É N U S

Mère ne s'en souciait point. Ma première éducation fut abandonnée à des esclaves, à des précepteurs grecs spirituels et immoraux. Heureusement une certaine distinction de nature me garda de l'avilissement précoce. J'étais un enfant intelligent, impressionnable à l'excès, doux, réfléchi et sans gaieté.

« J'avais douze ans lorsque le grand incendie dévora la moitié de Rome et jeta plus de cent mille malheureux sur le pavé. Pendant deux ou trois ans, malgré les énormes distributions de pain et d'argent ordonnées par l'empereur, la misère fut effroyable à Rome. Le spectacle de tant de souffrances imméritées me fit au cœur une blessure incurable. Je conçus l'injustice des choses et l'absurdité des destinées. Je trouvai inique que mon père eût cinq cents esclaves quand tant de pauvres gens mouraient de faim. Je leur donnai tout l'argent dont je pouvais disposer. Mais, avec la raide logique de mon âge, j'estimais qu'ils n'avaient pas besoin de me remercier, et je fuyais leurs effusions, dont la grossièreté choquait d'ailleurs mon goût d'enfant aristocrate.

« Un jour, mon précepteur me mena à une grande fête que Néron donnait au peuple dans ses jardins. Pour détourner la colère de la foule, qui l'accusait d'avoir allumé l'incendie, il avait fait arrêter quelques centaines de chrétiens. La plupart venaient d'être livrés aux bêtes dans le cirque. D'autres, vêtus de sacs enduits de résine, étaient attachés à de hauts poteaux, de distance en distance, dans les larges allées. A la nuit tombante, on y mit le feu. La populace se pressait avec des vociférations autour des torches vivantes. La flamme qui enveloppait les suppliciés, parfois courbée par le vent, laissait voir leur face horrible et leur bouche grande ouverte dont le cri ne s'entendait pas. Une odeur de

21

SÉRÉNUS

CHAIR BRÛLÉE EMPLISSAIT L'AIR... J'EUS UNE CRISE NERVEUSE ET L'ON M'EMPORTA À DEMI-MORT.

« LA SECOUSSE AVAIT ÉTÉ TROP FORTE; ET, QUOIQUE LES PLUS DOULOUREUSES IMPRESSIONS S'EFFACENT VITE À CET ÂGE, IL M'EN RESTA QUELQUE CHOSE, UNE LANGUEUR À CERTAINS MOMENTS, UNE MÉLANCOLIE, UNE PARESSE À VIVRE, RARES CHEZ UN ENFANT.

« CEPENDANT SÉNÈQUE, L'AMI DE MON PÈRE, S'ÉTAIT RETIRÉ DE LA COUR, ET DANS SA MAISON DE CAMPAGNE, SONGEAIT À BIEN MOURIR. C'ÉTAIT UN HOMME SÉDUISANT ET SINGULIER; GRAND DIRECTEUR D'ÂMES, QUI SAVAIT PÉNÉTRER DANS LEURS REPLIS ET COMMUNIQUER AUX AUTRES LA FORCE ET LA SÉRÉNITÉ QUI LUI MANQUAIENT; UN DÉLICAT ÉPRIS DE LUXE ET DE VIE ÉLÉGANTE, QUI S'IMPOSAIT DES PRIVATIONS SECRÈTES ET VIVAIT EN PYTHAGORICIEN; LE MEILLEUR ET LE PLUS NOBLE DES HOMMES S'IL N'EÛT CRAINT LA MORT. C'EST POUR CELA QU'IL EN PARLAIT SI SOUVENT. IL MIT VINGT ANS À DOMPTER CETTE PEUR; ET, QUAND CE FUT FAIT, IL ÉTAIT PRESQUE TROP TARD POUR L'HONNEUR DE SA MÉMOIRE.

« MON PÈRE ALLAIT LE VOIR SOUVENT. IL M'EMMENAIT AVEC LUI ET J'ASSISTAIS À LEURS ENTRETIENS. J'AVAIS QUINZE ANS; JE RECUEILLAIS AVIDEMENT LEURS PAROLES. J'EMBRASSAI BIENTÔT LE STOÏCISME AVEC UNE FERVEUR D'ADOLESCENT.

« UNE INTELLIGENCE EST IMMANENTE AU MONDE; ELLE Y CRÉE L'ORDRE À TOUS LES DEGRÉS, ET LE SAGE EST SUR LA TERRE SA PLUS HAUTE EXPRESSION. LA VERTU EST LA CONFORMITÉ DE LA VOLONTÉ À L'ORDRE UNIVERSEL. LA JUSTICE ET LA RAISON TENDENT À RÉGNER DANS LE MONDE. SI LE MAL NOUS PARAÎT TRIOMPHER, C'EST QUE NOUS NE VOYONS PAS TOUT ET QUE NOUS N'OCCUPONS QU'UN MOMENT DE LA DURÉE. ABSTENONS-NOUS, SOUFFRONS. CHERCHONS NOTRE JOIE EN NOUS. APRÈS LA MORT, OU NOUS VIVRONS D'UNE VIE SUPÉRIEURE DANS UNE RÉGION ÉTHÉRÉE, OU NOUS RENTRERONS AU SEIN DE DIEU. —

J'aimais cette philosophie de détachement et d'orgueil, et je vivais superbement en moi, fier de me sentir complice des sublimes fins de l'univers.

« Sur certains points j'allais plus loin que mes maîtres. Sénèque proclamait l'égalité des hommes : je concluais à l'émancipation des esclaves. Mon père, plus calme, disait : Attendons.

« J'admirai beaucoup la mort emphatique de Sénèque. Sa femme Pauline, un peu simple, toujours

À genoux devant son mari, s'ouvrit les veines, voulant le suivre. Il aurait bien pu l'en détourner. Heureusement on arriva à temps pour la sauver, et elle se laissa faire. Depuis, j'ai soupçonné dans tout cela un peu de comédie ou, tout au moins, d'arrangement.

« Peu après, ce fut la guerre civile, les soldats d'Othon et de Vitellius s'égorgeant dans les rues de Rome, la populace ignoble assistant au massacre comme aux jeux du cirque. La vue de tant de hontes et d'horreurs raviva en moi les affreuses impressions de mon enfance et me confirma dans mon orgueilleuse tristesse.

« Mon père, que j'aimais tendrement, mourut dans la première année du principat de Vespasien. Vers la fin de sa vie, il me trouvait trop austère et trop guindé, me raillait sur la rigidité de ma jeune sagesse. Après avoir traversé le stoïcisme, il en était arrivé à un scepticisme indulgent et amusé, ne croyant plus à rien, mais trouvant le monde curieux comme il est, encore qu'abominable, et estimant par-dessus toutes choses la douceur et la bonté. Je me raidis pour porter cette mort en stoïcien : mais devant son bûcher je fondis en larmes.

« Ma mère mourut deux mois après, en donnant le jour à ma bien-aimée sœur Séréna. Je restais donc à peu près seul au monde, maître d'une très grande fortune et libre de tout soin matériel : Styrax, le vieil intendant de mon père, administrait mes biens, et ma petite sœur était entre les mains de ma fidèle Athana, ancienne nourrice de ma mère et dévouée corps et âme à notre maison. Je menais une vie studieuse et austère, lisant les philosophes et les poëtes, ne mangeant que des légumes et couchant sur une natte, doux à tous ceux qui m'approchaient, mais préférant ma solitude et mes méditations à la société des hommes et m'appliquant de bonne foi à réaliser

L'idéal du sage. Même j'étais chaste et respectueux de mon corps. Parmi les belles divinités symboliques que nous avons empruntées à la Grèce, j'avais choisi pour patronne la fière Artémis et je m'étais juré, comme l'Hippolyte d'Euripide, de ne jamais connaître les femmes.

« En dépit de mes théories, je gardai mes esclaves. Du moins j'ajournai leur affranchissement, me disant qu'ils n'étaient point malheureux à mon service et trouvant d'ailleurs du plaisir à me passer d'eux tout en les gardant, et à vivre comme un pauvre au milieu de toutes les ressources de l'extrême opulence.

« Cette belle ardeur stoïque dura trois mois. Puis vint la lassitude, un doute sur l'excellence de ce régime, un vague désir d'autre chose. Sans doute aussi l'effort contre nature que je venais de faire me laissait, par trop de fatigue, d'autant plus désarmé et plus faible aux tentations.

« Un jour de printemps, j'allai, pour la première fois depuis mon deuil, à l'un de ces lieux de promenade où fréquentent les gens qui s'amusent. Je frôlai dans le portique de Pompée des femmes peintes, étincelantes de bijoux et qui sentaient bon. En continuant d'errer au hasard, je me trouvai sur la voie Appienne à l'heure du beau monde. C'était une éclatante mêlée d'équipages luxueux, de litières d'hommes à la mode portées sur les épaules de huit esclaves, de chaises découvertes de matrones éventées par des négresses. Deux piqueurs numides passèrent comme un tourbillon, et, derrière eux, une rhéda tendue de soie rouge, que conduisait elle-même une femme d'une grande beauté. Je la contemplais d'un air un peu farouche en dissimulant une admiration de novice. Elle arrêta ses chevaux et me fit signe de monter près d'elle. J'obéis, et je ne me

RAPPELAI QUE LE LEN-
DEMAIN LES PRÉCEPTES
DU PORTIQUE. CETTE
FEMME ÉTAIT LYCISCA,
UNE AFFRANCHIE EN
RENOM. POURQUOI
EUT-ELLE CETTE

FANTAISIE? PEUT-ÊTRE,
QUAND ELLE ME REN-
CONTRA, ME CONNAISSAIT-ELLE DÉJÀ ET
SAVAIT-ELLE QUE J'ÉTAIS RICHE. ELLE PRÉTENDAIT M'AVOIR
ENLEVÉ SIMPLEMENT POUR S'AMUSER ET PARCE QUE MA FIGURE

étonnée de jeune sauvage lui avait plu. Ce n'est pas impossible, car Lycisca était une fille d'imagination et de caprice. Elle m'initia à la haute vie et ne me coûta que deux millions de sesterces.

« Dès lors, ce fut comme la fureur d'une revanche. Au commencement, voulant concilier cette vie avec mes maximes de détachement, je me disais que, pour mépriser les voluptés en connaissance de cause, il est nécessaire de les avoir éprouvées, surtout dans ce qu'elles ont de raffiné et d'aigu. Puis, après m'y être prêté par cet admirable scrupule philosophique, je m'y livrai par curiosité de psychologue et d'artiste. Je cherchais à me dédoubler, à me tenir en dehors de mes sensations pour les analyser et pour en mieux jouir. Mais le contraire arrivait. Pour que la jouissance soit aussi vive que possible, sans doute il y faut de l'inconscience, un abandon de soi. J'avais la lassitude et le dégoût des voluptés sans en avoir l'ivresse. Je voulais la faire naître, mais, justement parce que j'y tâchais, elle ne venait pas. Mon habitude inexorable de réflexion sur moi-même me rendait le plus souvent impropre au plaisir. Je ne pouvais m'oublier. Au milieu de l'orgie la plus folle ou la plus élégante, ma tête restait froide; je sentais le néant de toutes choses, et je m'ennuyais.

« Et pourtant, suivant toute apparence, il m'a été donné de vivre au temps où l'on a porté à leur plus haut degré le pouvoir et l'art de jouir. Jamais, je pense, on n'a vu ni on ne verra un si petit nombre d'hommes occuper à leur profit et absorber un si grand nombre d'existences humaines. Quelques-uns de mes amis avaient jusqu'à trois mille esclaves et des richesses dont ils ignoraient les limites. Et la science du plaisir était égale aux ressources dont elle pouvait disposer. Plusieurs générations de privilégiés avaient ... d'affiner, de varier et de multiplier les ... agréables. Assurément les hommes qui viendront ... nous ne concevront qu'avec peine la vie que certains d'entre nous ont connue et pratiquée. Pour des raisons qu'il est bien inutile de donner ici, la richesse des particuliers ne peut plus que décroître. Et l'on prévoit le temps où les barbares rompront les barrières de l'empire. Alors ce sera la fin de la fête...

« Mais, comme l'avenir imaginera malaisément l'intensité de nos plaisirs physiques, peut-être ne comprendra-t-il pas non plus la profondeur de nos satiétés; et il admirera, en lisant nos chroniques, combien d'hommes se sont donné la mort de notre temps.

« Après quinze ans d'orgie tour à tour grossière et délicate, le corps usé, les sens émoussés, le cœur vidé à fond de toute croyance, même de toute illusion, qu'avais-je à faire au monde? Il m'apparaissait comme un spectacle absurde et ne m'intéressait plus. J'avais gardé cette douceur native qui me venait de mon père, mais seulement parce qu'il m'était agréable d'être bon, et encore cela même me devenait indifférent. Au reste, je répugnais à toute action; les emplois publics, devenus vils et précaires, me dégoûtaient d'avance. Je languissais dans un immense et incurable ennui. N'ayant plus aucune raison de vivre, je résolus de mourir.

« La mort ne m'effrayait point : c'était pour moi la grande libératrice; mais je la voulais sans souffrance.

« Ayant affranchi tous ceux de mes esclaves que je jugeai capables de bien user de leur liberté, je passai deux jours sans prendre aucune nourriture; puis je me plongeai dans une baignoire où l'on versait continuellement de l'eau chaude. J'avais fait installer la cuve de

MARBRE DANS LE PÉRISTYLE DE MA MAI-
SON; ET, TANDIS QUE LA CHALEUR DU
BAIN ÉPUISAIT LENTEMENT MES FORCES,
DES FLEURS RARES AUX PARFUMS CAPI-
TEUX M'ASPHYXIAIENT DÉLICIEUSEMENT.
J'AVAIS LA SENSATION D'UNE DÉFAIL-
LANCE VOLUPTUEUSE ET MORTELLE, OÙ
TOUT MON ÊTRE FONDAIT ET SE DISSOL-
VAIT PEU À PEU. LA TÊTE RENVERSÉE,
JE REGARDAIS, SANS PENSER À RIEN, UN
DES COINS DU VOILE DE POURPRE TENDU
SUR LA BAIGNOIRE ET, AUTOUR DE CE
VOILE, DE PETITS NUAGES FLOTTANTS
SUR LE BLEU DU CIEL, QUI PRENAIENT
LA FORME DE FEMMES QUE J'AVAIS
CONNUES; ET IL ME SEMBLAIT QU'UNE
PARCELLE DE MON ÂME, SE DÉTACHANT
DE MOI À CHAQUE SOUFFLE, ALLAIT LES
REJOINDRE DANS L'AZUR ENFLAMMÉ...

SÉRÉNUS

« — Me reconnaissez-vous, Marcus? dit une voix très douce.

« J'ouvris les yeux : j'étais dans mon lit; ma sœur Séréna se tenait auprès de moi.

« Styrax, me voyant évanoui dans mon bain, m'en avait retiré sans se soucier des suites de sa désobéissance. Il m'avait porté dans ma chambre et, me desserrant les dents, m'avait fait prendre un peu de bouillon. Une fièvre cérébrale s'était bientôt déclarée, et depuis huit jours j'étais entre la vie et la mort.

« Quand j'aperçus Séréna penchée sur moi, je crus voir une figure merveilleuse venue d'un monde meilleur et plus beau que le nôtre. Elle avait seize ans, était blanche et blonde, d'une beauté immatérielle et comme transparente qui laissait voir toute son âme, avec un air d'innocence et de gravité que je n'ai jamais vu qu'à elle.

« Mon existence avait été jusque-là entièrement séparée de la sienne. Elle vivait retirée dans son appartement sous la garde de la vieille Athana. Quand je m'étais résolu à mourir, je n'avais point prévenu Séréna de mon dessein, craignant une scène pénible, et n'avais même pas voulu la voir. La pauvre enfant, avertie par Styrax, venait de passer sept jours et sept nuits à mon chevet : tout amaigrie par la fatigue, elle avait un regard d'une infinie douceur, un regard d'étoile dans ses yeux agrandis.

« — Me reconnaissez-vous, mon cher Marcus? répéta-t-elle.

« Je l'attirai à moi, la baisai sur le front et pleurai longtemps.

« Je guéris; mais de mon suicide manqué il me resta, pendant plusieurs mois, une extrême faiblesse. Je n'avais

NI DÉSIRS, NI REGRETS, NI TRIS-
TESSE, NI JOIE. POURTANT
DANS CETTE MORT DE MON
ÊTRE, UN SENTIMENT S'ÉTAIT
ÉVEILLÉ. JE M'ÉTAIS MIS À
ADORER MA SŒUR SÉRÉNA, À
L'AIMER D'UN AMOUR HUMBLE,
CRAINTIF, RELIGIEUX; ET,
QUOIQUE JE FUSSE SON AÎNÉ
DE VINGT ANS,
DANS CE
RETOUR

à l'infirmité du premier âge. Je m'attachais à lui et lui obéissais comme un petit enfant à sa mère. C'était plus que de l'affection fraternelle ; c'était un amour d'une espèce particulière et tel que je n'avais jamais rien éprouvé d'approchant. Séréna était si différente de toutes les femmes que j'avais rencontrées ! Il me semblait que cet amour évoquait du fond de mon passé et faisait renaître en moi ce que j'avais eu jadis de meilleur, mes ardeurs de jeune sage aspirant à la suprême pureté. Puis, à mesure que mon intelligence recouvrait sa vigueur, mes habitudes de curiosité me revenaient, et j'apportais peu à peu, dans mon amour passionné pour ma sœur, l'attention d'un observateur séduit par le spectacle d'une âme extraordinaire.

« Un jour, Séréna me dit :

« — Voulez-vous me faire un grand plaisir ? Venez avec moi demain matin là où je vous conduirai.

« — J'irai où vous voudrez, Séréna.

« — Alors, soyez prêt de bonne heure.

« Le lendemain, au point du jour, Séréna m'attendait dans l'atrium avec une trentaine de nos esclaves.

« — Ils viennent avec nous ?

« — Sans doute.

« En chemin, elle me demanda si j'avais entendu parler des chrétiens et ce que je savais d'eux.

« — Peu de chose, répondis-je. C'est, je crois, une secte juive, en tout cas un culte venu d'Orient, comme il y en a tant à Rome. On dit que ce sont des meurt-de-faim, des frénétiques et des fous, qu'ils ont des cérémonies bizarres, qu'ils adorent une tête d'âne et qu'ils sont les ennemis de l'empire.

« — Croyez-vous que ce soient eux qui aient mis le feu à Rome au temps de Néron ?

SÉRÉNUS

« — Mon père ne le pensait pas. Il fallait des coupables pour le peuple : on a inventé ceux-là. Et, tenez, vous me rappelez qu'un imbécile de pédagogue me conduisit dans les jardins de l'empereur (j'étais tout enfant) pour y voir brûler quelques-uns de ces malheureux...

« — Vraiment, vous les avez vus ? interrompit Séréna dont les yeux brillèrent tout à coup.

« Puis, après un long silence :

« — Mais vous, me demanda-t-elle, croyez-vous ce qu'on dit ? Les chrétiens sont-ils, à votre avis, des fous et des scélérats ?

« — Oh ! moi, ma chère Séréna, je n'ai pas d'opinion là-dessus et ne m'en embarrasse guère. Et puis, vous savez, je ne suis point dur aux misérables. Je ne m'étonne pas que les gueux trouvent leur part mauvaise et je comprends fort bien qu'ils s'insurgent. Je n'ai point de colère contre eux. J'ai plutôt quelque sympathie, étant malade et dégoûté du monde comme il est, pour tous les révoltés, quelles que soient les raisons de leur révolte... Mais pourquoi me demandez-vous tout cela ?

« — Parce que je suis chrétienne, dit tranquillement Séréna.

« J'avais appris dès longtemps à ne m'émouvoir de rien.

« Si vous êtes chrétienne, Séréna, c'est donc que les chrétiens valent mieux qu'on ne prétend ; et je serais curieux de faire leur connaissance.

« — Cela ne tardera guère, car voici que nous arrivons.

« Et elle me montra sur la voie Ardéatine, que nous suivions depuis quelques instants, une des sépultures de la famille Flavia. Un homme se tenait dans le vestibule : Séréna lui donna un mot de passe, et nous entrâmes dans l'hypogée, suivis de nos esclaves. Une cinquantaine

DE PERSONNES S'Y TROUVAIENT DÉJÀ, LA
PLUPART AGENOUILLÉES, D'AUTRES ASSISES
SUR DES BANCS DE PIERRE LE LONG DES MURS.
« LES PAROIS DU SOUTERRAIN ÉTAIENT PERCÉES
DE NICHES HORIZONTALES, LES UNES CLOSES PAR
DES PIERRES FUNÉRAIRES, LES AUTRES BÉANTES ET
ATTENDANT LEURS MORTS. QUATRE GUIRLANDES PEINTES,
L'UNE DE ROSES, L'AUTRE D'ÉPIS, LA TROISIÈME DE RAISINS,
LA DERNIÈRE DE FEUILLES DE LAURIER, S'ENROULAIENT AUTOUR

DE LA VOÛTE. AU-DESSOUS DE CES GUIRLANDES, UNE FRESQUE REPRÉSENTAIT DES MOISSONNEURS, LA FAUCILLE À LA MAIN, COUPANT DES BLÉS. PUIS C'ÉTAIENT, AU HAUT DES MURS ET DANS L'INTERVALLE DES NICHES, D'AUTRES PEINTURES SYMBOLIQUES DONT LE SENS ME FUT RÉVÉLÉ PLUS TARD : UN BERGER PORTANT UNE BREBIS SUR SES ÉPAULES, QUE D'ABORD JE PRIS POUR UN MERCURE CRIOPHORE, DES ANCRES, DES NAVIRES, DES COLOMBES, DES POISSONS. AU FOND DE LA SALLE, DEUX CHAIRES TAILLÉES DANS LE ROC. ENTRE LES DEUX, UN AUTEL DE PIERRE CHARGÉ DE PAINS, AVEC DU VIN DANS UNE GRANDE COUPE. LA SALLE ÉTAIT ÉCLAIRÉE PAR DES LAMPES DE CUIVRE SUR LESQUELLES ÉTAIENT GRAVÉS LES MÊMES SYMBOLES QUE SUR LES MURAILLES.

« D'AUTRES CHRÉTIENS ENTRÈRENT. DEPUIS LE COUP TERRIBLE DONT NÉRON AVAIT FRAPPÉ LA SECTE, ILS AVAIENT PRIS L'HABITUDE DE S'ASSEMBLER HORS DE LA VILLE, DANS DES TOMBEAUX, SOUS PRÉTEXTE DE CÉRÉMONIES ET DE REPAS FUNÈBRES. À L'ÉPOQUE OÙ JE LES CONNUS, ON LES LAISSAIT FORT TRANQUILLES; MAIS LA CRAINTE D'UNE PERSÉCUTION TOUJOURS POSSIBLE DONNAIT À CES RÉUNIONS UN AIR DE MYSTÈRE QUI EN AUGMENTAIT POUR MOI L'ÉTRANGE NOUVEAUTÉ.

« J'APERÇUS DANS L'ASSEMBLÉE LE CONSUL DE L'ANNÉE, FLAVIUS CLEMENS : CE QUI M'EXPLIQUA QUE LA RÉUNION EÛT LIEU DANS UN DES TOMBEAUX DE SA FAMILLE. JE RECONNUS LA FEMME DE CLEMENS ET SA NIÈCE, ET POMPONIA GRŒCINA, ET PAULINE, LA VEUVE DE SÉNÈQUE, PÂLE À JAMAIS D'AVOIR SUIVI SON MARI PLUS QU'À MI-CHEMIN DANS LA MORT. ELLES ÉTAIENT VOILÉES TRÈS BAS, DE MANIÈRE À CACHER LEURS CHEVEUX. JE VIS ENFIN, AU PREMIER RANG, ACTÉ, L'ANCIENNE MAÎTRESSE DE NÉRON ET L'ANCIENNE AMIE DE MON PÈRE, BELLE ENCORE MALGRÉ SES CINQUANTE ANS, ET, JE CROIS, QUELQUE PEU FARDÉE. LE RESTE DE L'ASSISTANCE ME PARUT SE COMPOSER DE PETITES GENS ET D'ESCLAVES.

« Un vieux prêtre de figure chétive et douce, qui avait pris place sur l'un des sièges de pierre, se leva, et, dans un assez mauvais latin, prononça, sans doute à mon intention, une harangue où étaient résumées les croyances de la secte : le péché du premier homme et ses conséquences, la rédemption du genre humain par Jésus, dont je ne connaissais jusque-là que le nom et le supplice, l'union des âmes en Jésus signifiée par le banquet fraternel, et toute la morale chrétienne exprimée par les huit béatitudes.

« Après quoi, le prêtre récita lentement des prières où Jésus était invoqué comme le fils de Dieu et le

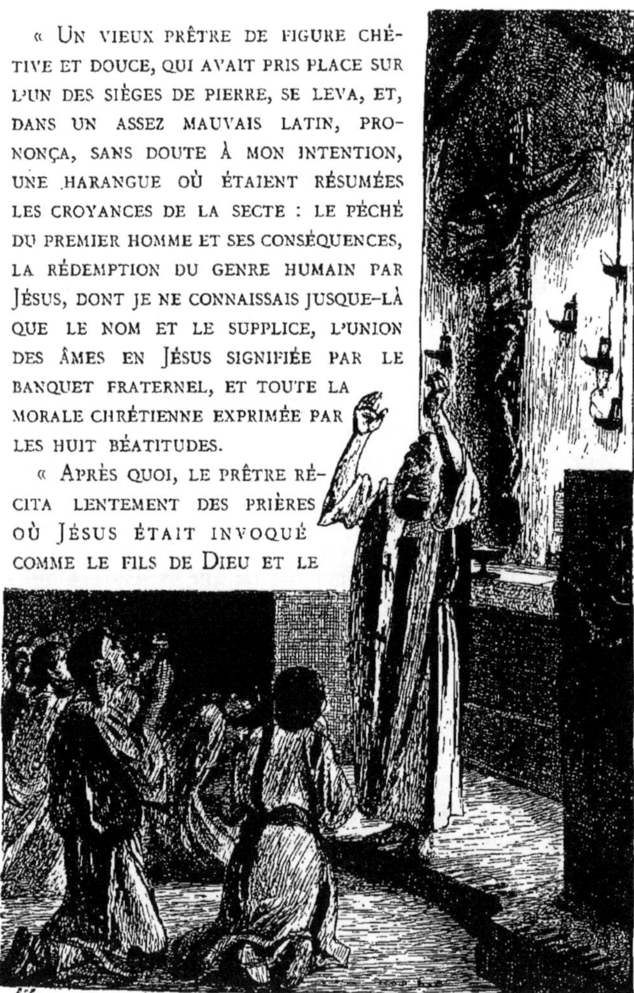

SAUVEUR DES HOMMES. ENSUITE IL ÉTENDIT SES DEUX MAINS SUR LES PAINS ET SUR LA COUPE PLEINE ET RAPPELA QUE JÉSUS, DANS SON DERNIER REPAS AVEC SES COMPAGNONS, AVAIT FAIT AINSI EN DISANT : « MANGEZ, CECI EST MON CORPS; BUVEZ, CECI EST MON SANG. FAITES LA MÊME CHOSE EN MÉMOIRE DE MOI. » J'AI SU DEPUIS QUE QUELQUES-UNS DES PRÊTRES ET LA PLUPART DES FIDÈLES NE VOYAIENT POINT DANS CES PAROLES UNE IMAGE SINGULIÈRE ET HARDIE, MAIS CROYAIENT EN EFFET MANGER ET BOIRE LEUR DIEU; ET CE FUT UNE DE MES PLUS VIVES SURPRISES.

« ENFIN LE PRÊTRE DISTRIBUA LE PAIN AUX ASSISTANTS ET LEUR PRÉSENTA LA COUPE APRÈS Y AVOIR BU LE PREMIER. JE NE PRIS POINT PART À CES AGAPES, N'ÉTANT PAS ENCORE INITIÉ.

« TOUT CELA ME PARUT GRAVE, MAJESTUEUX, TOUCHANT ET NOUVEAU. MAIS JE SENTIS TRÈS NETTEMENT, ET DU PREMIER COUP, QUE CES RITES ET CETTE ASSEMBLÉE NE SERAIENT JAMAIS POUR MOI QU'UN SPECTACLE ET QU'IL Y AVAIT UN ABÎME ENTRE CES HOMMES ET MOI.

« — MON CHER MARCUS, ME DIT SÉRÉNA EN SORTANT, VOUS AVEZ VU CE QUE SONT LES CHRÉTIENS. VOUS LES AIMEREZ DAVANTAGE A MESURE QUE VOUS LES CONNAÎTREZ. VOUS ÊTES MALHEUREUX, JE LE SAIS. IL FAUT VOUS FAIRE CHRÉTIEN. LÀ EST LA VÉRITÉ, ET LÀ AUSSI EST LA CONSOLATION.

« — J'Y SONGERAI, SÉRÉNA.

« JE SUIVIS ASSIDÛMENT LES ASSEMBLÉES. JE RETROUVAI DANS L'ENSEIGNEMENT DE CALLISTE (C'ÉTAIT LE NOM DU PRÊTRE) NOMBRE DE PENSÉES ET DE MAXIMES DE PYTHAGORE, DE ZÉNON ET DES ANCIENS SAGES. JÉSUS, PAR SA VIE ET PAR SON SUPPLICE, ME RAPPELAIT LE PORTRAIT IDÉAL DU JUSTE, TRACÉ PAR PLATON. CE QUI ME SEMBLAIT PROPRE À LA RELIGION NAISSANTE, C'ÉTAIT D'ABORD L'OBLIGATION RIGOUREUSE DE CROIRE À CERTAINS DOGMES COMME À DES VÉRITÉS RÉVÉLÉES DE DIEU. PUIS, TOUTES LES VERTUS QUE LES PHILOSOPHES AVAIENT DÉJÀ

CONNUES ET PRÊCHÉES M'APPARAISSAIENT, CHEZ LES DISCIPLES DE CHRISTUS, TRANSFORMÉES PAR UN SENTIMENT NOUVEAU : L'AMOUR D'UN DIEU HOMME ET D'UN DIEU CRUCIFIÉ, AMOUR SENSIBLE, ARDENT, PLEIN DE LARMES, DE CONFIANCE, DE TENDRESSE, D'ESPOIR. ÉVIDEMMENT NI LES FORCES NATURELLES PERSONNIFIÉES NI LE DIEU ABSTRAIT DES STOÏCIENS N'ONT JAMAIS INSPIRÉ RIEN DE PAREIL. ET CET AMOUR DE DIEU, SOURCE ET COMMENCEMENT DES AUTRES VERTUS CHRÉTIENNES, LEUR COMMUNIQUAIT UNE PURETÉ, UNE DOUCEUR, UNE ONCTION ET COMME UN PARFUM QUE JE N'AVAIS PAS ENCORE RESPIRÉ.

« J'ADMIRAIS DE BON CŒUR CES CROYANTS; MAIS JE NE CROYAIS PAS. J'AVAIS UNIQUEMENT GARDÉ DE MON ÉDUCATION PHILOSOPHIQUE CETTE CONVICTION, QU'EN DÉPIT D'OBSCURITÉS OU D'EXCEPTIONS APPARENTES, TOUT SE PASSE DANS LE MONDE SELON DES LOIS NÉCESSAIRES ET IMMUABLES ET QU'IL N'Y A PAS DE MERVEILLEUX PARTICULIER. UNE RÉVÉLATION DIRECTE DE DIEU À UN MOMENT DONNÉ DE L'HISTOIRE, LE PASSAGE D'UN DIEU HOMME SUR LA TERRE ET TOUS LES DOGMES DE LA RELIGION NOUVELLE TROUVAIENT DANS MA RAISON UNE INVINCIBLE RÉSISTANCE ET QUI, JUSQU'À L'HEURE OÙ J'ÉCRIS, N'A PAS ÉTÉ ÉBRANLÉE.

« J'AVOUERAI D'AUTRES RÉPUGNANCES QUE J'ÉPROUVAIS PAR INSTANTS. L'IDÉE QUE MES NOUVEAUX FRÈRES AVAIENT DE CE MONDE ET DE CETTE VIE HEURTAIT EN MOI JE NE SAIS QUEL SENTIMENT DE NATURE. JE RECONNAIS L'IMPERTINENCE D'UNE TELLE CONTRADICTION; MAIS, MALGRÉ MON PESSIMISME PERSISTANT, MAL COMBATTU PAR MA CURIOSITÉ ET MON AMOUR POUR SÉRÉNA, IL ME DÉPLAISAIT QUE DES HOMMES MÉPRISASSENT SI FORT LA SEULE VIE, APRÈS TOUT, DONT NOUS SOYONS ASSURÉS. PUIS JE LES TROUVAIS PAR TROP SIMPLES, FERMÉS AUX IMPRESSSIONS ARTISTIQUES, BORNÉS, INÉLÉGANTS. OU BIEN, UN PEU DE SOUCI DE LA PATRIE ROMAINE SE RÉVEILLANT EN MOI, JE M'EFFRAYAIS DU MAL QUE POUVAIT FAIRE À L'EMPIRE, SI

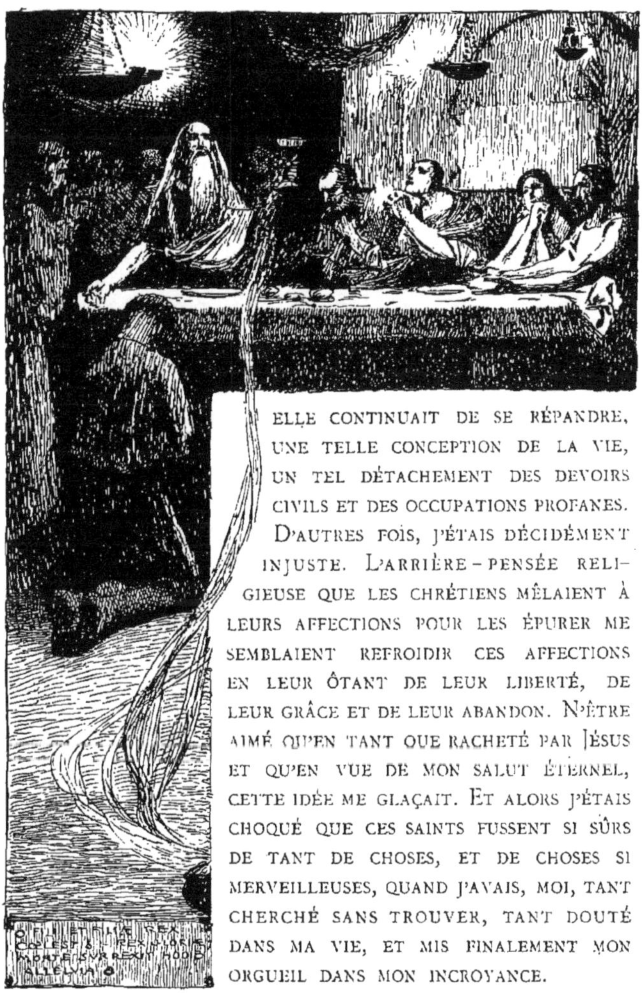

ELLE CONTINUAIT DE SE RÉPANDRE,
UNE TELLE CONCEPTION DE LA VIE,
UN TEL DÉTACHEMENT DES DEVOIRS
CIVILS ET DES OCCUPATIONS PROFANES.
D'AUTRES FOIS, J'ÉTAIS DÉCIDÉMENT
INJUSTE. L'ARRIÈRE-PENSÉE RELI-
GIEUSE QUE LES CHRÉTIENS MÊLAIENT À
LEURS AFFECTIONS POUR LES ÉPURER ME
SEMBLAIENT REFROIDIR CES AFFECTIONS
EN LEUR ÔTANT DE LEUR LIBERTÉ, DE
LEUR GRÂCE ET DE LEUR ABANDON. N'ÊTRE
AIMÉ QU'EN TANT QUE RACHETÉ PAR JÉSUS
ET QU'EN VUE DE MON SALUT ÉTERNEL,
CETTE IDÉE ME GLAÇAIT. ET ALORS J'ÉTAIS
CHOQUÉ QUE CES SAINTS FUSSENT SI SÛRS
DE TANT DE CHOSES, ET DE CHOSES SI
MERVEILLEUSES, QUAND J'AVAIS, MOI, TANT
CHERCHÉ SANS TROUVER, TANT DOUTÉ
DANS MA VIE, ET MIS FINALEMENT MON
ORGUEIL DANS MON INCROYANCE.

« Mes habitudes... autre manière de devenir... sentiment de mauvaise humeur... à surprendre chez les chrétiens... qu'à d'autres moments je... dépouiller. Le consul Clemens, dont... frères égaux devant Dieu, était traité avec... neurs particuliers et y prenait plaisir... restaient des esclaves, et leur place était au dernier rangs. Il y avait entre les femmes des rivalités pour la préparation des agapes ou l'entretien des vêtements sacerdotaux, et des luttes plus vives encore autour des prêtres pour forcer leur attention et capter leur faveur. Acté, que les matrones tenaient à distance, se faisait remarquer par une piété violente. C'était une femme d'imagination désordonnée et de faible jugement. Elle n'avait jamais voulu croire aux crimes de Néron, mettait le supplice des chrétiens sur le compte de Poppée ; et, déjà chrétienne quand Néron mourut, elle avait élevé de ses deniers un tombeau au cadavre de son ancien amant. Repoussée par la communauté chrétienne, puis rentrée en grâce, reprise peu après de la folie de son corps, pardonnée de nouveau, calmée enfin par l'âge, elle embarrassait souvent le vénérable Calliste par l'indiscrétion de son zèle et par ce qui, dans son allure ou sa toilette, sentait encore la femme galante. Mais le doux vieillard, pour ne point faire de tort à ses pauvres, ménageait l'extravagante créature : car elle était riche et donnait à pleines mains.

« En dépit de ces menues faiblesses, les bonnes et belles âmes que j'ai rencontrées là ! J'avais beau me dire : Ces saints font un marché ; ils comptent sur le paradis ; c'est en vue d'un salaire qu'ils pratiquent les plus sublimes vertus. Mais croire à cette récompense éloignée, n'est-ce pas encore un acte de vertu, puisque c'est croire à la justice de Dieu et le concevoir tel qu'il devrait être ? Et quelle vertu est entièrement gratuite ? Au temps où je suivais les maximes des stoïques, n'avais-je pas pour salaire la conscience orgueilleuse de ma supériorité morale ?

« Et quelle foi animait ce petit troupeau ! Ils ne croyaient plus, comme les premiers chrétiens, à la fin prochaine du monde ni à la Jérusalem terrestre. Mais ils ne doutaient pas que la domination de l'univers ne fût assurée à leur religion. De fait, il y avait déjà dans toutes les villes importantes de l'empire des communautés chrétiennes, et sans cesse ces « Églises » échangeaient des nouvelles, s'envoyaient des encouragements et des espérances. Et, sentant dans l'ardeur de leur foi une incalculable puissance et ce que leurs dogmes avaient d'approprié aux besoins de la plupart des hommes, surtout des humbles et des souffrants, je songeais que peut-être ils avaient raison, que l'avenir leur appartenait, que, si dans un siècle ou deux l'empire s'effondrait sous le choc des barbares, la religion de Jésus florirait sur ses ruines. Si cela doit arriver, que sera cette humanité neuve ? Sans doute il y aura plus de vertu, par suite plus de bonheur, puisque le bonheur vient surtout de l'âme; en revanche, moins d'art et d'élégance, une moindre intelligence du beau...

« Hé ! que m'importe ce que sera après ma mort la face changeante de la mystérieuse humanité ? Ce que je sais, c'est que j'ai connu pour la première fois, dans le tombeau de la voie Ardéatine, la bonté des cœurs simples, la résignation des misérables, l'amour de la souffrance, la chasteté sans tache.

SÉRÉNUS

« Là j'ai connu l'admirable charité de mon affranchi Styrax. Ayant appris que je fréquentais l'assemblée des chrétiens, il me supplia un jour de l'y conduire, disant qu'il ne pouvait avoir une autre religion que celle de son maître. Quand la « bonne nouvelle » lui fut révélée, tout son cœur se fondit. Il pleurait de joie à chaque assemblée. Il lui vint un grand amour des pauvres et des malades : non content de l'argent que je lui donnais pour cela, il y ajoutait du sien en le répandant sous mon nom. Il ne secourait pas seulement les chrétiens, mais tous les malheureux, quels qu'ils fussent ; et par l'unique ascendant de sa bonté il enrôlait des bandes de pauvres gens dans la religion du Dieu qui aime et qui console.

« Là surtout j'ai connu la grâce plus qu'humaine, la douceur et la pureté de Séréna. Toutes les vertus qui chez les autres chrétiens me paraissaient tantôt unies à trop de rudesse et à une simplicité d'esprit excessive, tantôt gâtées par l'attente trop sûre d'une récompense ou par l'intolérance qui accompagne les croyances absolues, ces vertus semblaient chez Séréna les fruits naturels d'une âme exquise et vraiment divine. Et ma grande occupation était de sentir le charme qui émanait de sa personne et de la voir vivre sa vie bienfaisante, belle a la fois de la plus rare beauté morale, de la candeur de l'enfant et des séductions épurées de la femme...

« — Ne voulez-vous pas recevoir le baptême, Marcus ? me disait-elle quelquefois.

« Je répondais :

« — Attendez, de grâce, que les mauvais souvenirs de jadis ne me troublent plus et que ma vie passée soit entièrement morte en moi. Quand je serai tout à

fait chrétien de cœur, je
demanderai le baptême.

« Elle se contentait
de cette assurance, heu-
reuse d'ailleurs de me
voir reprendre quelque
goût à l'existence et assister avec elle aux saintes
assemblées.

. . . .

« Un jour, revint de Syrie
où il était allé visiter les
Églises, un des chefs de la
communauté de Rome, le prêtre
Timothée, ancien esclave et
d'origine africaine. Il était
austère, désintéressé, et croyait
ardemment : fort ignorant du
reste, parlant un mauvais grec,

COMPRENANT À PEINE LE LATIN. AVEC CELA, DE BRUSQUES ÉCLAIRS D'ÉLOQUENCE. MAIS SA LOGIQUE ÉTAIT ÉTROITE; IL CONNAISSAIT MAL LES CŒURS; IL NE COMPRENAIT RIEN AUX NUANCES UN PEU DÉLICATES DU SENTIMENT OU DE LA PENSÉE; SON IMAGINATION ÉTAIT SOMBRE ET SON ZÈLE AVAIT QUELQUE CHOSE D'ÂPRE ET DE FAROUCHE. JE VIS CLAIREMENT PAR SON EXEMPLE LES CÔTÉS FÂCHEUX D'UNE FOI TROP ABSOLUE ET TROP MILITANTE, ET CE QU'ELLE PEUT ENGENDRER, CHEZ CERTAINS ESPRITS, DE ROIDEUR DÉSAGRÉABLE, D'ININTELLIGENCE, PRESQUE D'INHUMANITÉ.

« LE DOUX CALLISTE AVAIT SAGEMENT PERMIS AU CONSUL CLEMENS DE PRENDRE PART, EXTÉRIEUREMENT, AUX CÉRÉMONIES DE LA RELIGION ROMAINE; TIMOTHÉE S'INDIGNA DE CETTE TOLÉRANCE, DIT QU'ON NE POUVAIT SERVIR DEUX MAÎTRES, ET REMPLIT D'UNE TELLE TERREUR L'ESPRIT UN PEU FAIBLE DE CLEMENS QUE LE PAUVRE HOMME RÉSIGNA SUBITEMENT SES FONCTIONS DE CONSUL, CE QUI FUT L'ORIGINE DE SA PERTE. APRÈS QUELQUES AVERTISSEMENTS, TIMOTHÉE CONDAMNA A DES PÉNITENCES PUBLIQUES CETTE INNOCENTE ACTÉ, PARCE QU'ELLE CONTINUAIT À SE FARDER, À PORTER DES BIJOUX ET À S'HABILLER AVEC TROP DE RECHERCHE. LA BONNE CRÉATURE ME RACONTA UN JOUR, EN VERSANT DES TORRENTS DE LARMES, COMME IL L'AVAIT TRAITÉE DUREMENT..., ET JE VIS BIEN QU'AU FOND, TOUJOURS AFFAMÉE D'ÉMOTIONS ET DE DRAME, ELLE SUBISSAIT AVEC D'ÉTRANGES DÉLICES LES BRUTALITÉS DE SON IMPITOYABLE DIRECTEUR.

« J'EUS MON TOUR. PAR DES ARGUMENTS QUI, JE LE RECONNAIS, ÉTAIENT SANS RÉPLIQUE, TIMOTHÉE ME MIT EN DEMEURE DE RECEVOIR LE BAPTÊME OU DE SORTIR DE L'ÉGLISE. LUI EXPLIQUER MON CAS, IL N'Y FALLAIT PAS SONGER : JAMAIS IL NE SERAIT ENTRÉ DANS CES SUBTILITÉS. QUITTER LA COMMUNAUTÉ CHRÉTIENNE, C'ÉTAIT AFFLIGER CRUELLEMENT SÉRÉNA, ME CONDAMNER À LA VOIR MOINS SOUVENT ET RENONCER À UN SPECTACLE QUI M'INTÉRESSAIT DE PLUS EN PLUS, MIEUX QUE CELA, À UN TOUCHANT COMMERCE AVEC BIEN DES CŒURS

SÉRÉNUS

EXCELLENTS, AVEC UNE FAMILLE QUE J'AVAIS FINI PAR AIMER. QUOIQUE CETTE HYPOCRISIE ME RÉPUGNÂT, JE ME RÉSIGNAI AU BAPTÊME. APRÈS TOUT, CETTE CÉRÉMONIE NE FAISAIT QUE M'AGRÉGER UN PEU PLUS ÉTROITEMENT À DES HOMMES DONT J'ADMIRAIS ET VÉNÉRAIS LES VERTUS, SI JE NE PARTAGEAIS PAS LEUR FOI. MON BAPTÊME N'ÉTAIT QU'UN TÉMOIGNAGE DÉCISIF DE MA SYMPATHIE POUR EUX. IL SIGNIFIAIT QUE J'ÉTAIS DE CŒUR AVEC LE PETIT GROUPE QUI, À MES YEUX, REPRÉSENTAIT ALORS DANS LE MONDE LA PLUS HAUTE PERFECTION MORALE. PUIS, DOMITIEN DEVENANT DE JOUR EN JOUR PLUS SOUPÇONNEUX, L'ÉGLISE, À TORT OU À RAISON, S'ATTENDAIT À ÊTRE BIENTÔT INQUIÉTÉE. J'ÉTAIS ENGAGÉ D'HONNEUR À NE POINT ABANDONNER MES AMIS À L'HEURE DU DANGER. ENFIN L'IDÉE QUE JE RÉJOUIRAIS TANT DE BONNES ÂMES FIT TAIRE MES DERNIERS SCRUPULES. JE ME LAISSAI DONC BAPTISER. ET, POUR NE MENTIR QU'À DEMI, TOUT EN RÉCITANT LA PROFESSION DE FOI DES CHRÉTIENS, JE M'APPLIQUAIS À N'Y VOIR QU'UNE FORMULE SYMBOLIQUE ET J'Y CHERCHAIS UN SENS ASSEZ LARGE POUR QUE MA PHILOSOPHIE Y PÛT SOUSCRIRE. SI CE FUT LÂCHETÉ, LA JOIE DE MA CHÈRE SÉRÉNA M'EN SAUVA LE REMORDS.

. . . .

« MAIS LE TEMPS PASSE; LE BOURREAU VIENDRA DANS UNE HEURE ET JE VOUDRAIS TERMINER MA CONFESSION.

« LORSQUE, NON LOIN DE LA PORTE CAPÈNE, UN MATIN QUE NOUS NOUS RENDIONS À L'ASSEMBLÉE, J'EUS À PEU PRÈS ASSOMMÉ LE FAVORI DE L'EMPEREUR, PARTHÉNIUS, QUI, REVENANT DE QUELQUE ORGIE, AVAIT OUTRAGÉ MA SŒUR EN PAROLES, J'AURAIS DÛ FUIR AUSSITÔT ET J'EN EUS L'IDÉE; MAIS J'ATTENDIS, JE NE SAIS TROP POURQUOI, PAR APATHIE, PAR DÉGOÛT DE L'ACTION, POUR NE POINT TROUBLER SÉRÉNA, ME DISANT QUE RIEN NE PRESSAIT, QU'IL SERAIT ENCORE TEMPS LE LENDEMAIN. OR, LE SOIR MÊME, UN CENTURION VINT AVEC DES SOLDATS. MA SŒUR

ÉTAIT CONDAMNÉE AU BANNIS-
SEMENT ET DEVAIT PARTIR SANS
DÉLAI. LE CAPRICE DE L'EMPEREUR
ÉTANT AU-DESSUS DES LOIS, ON
M'ARRÊTA POUR ME CONDUIRE A
LA PRISON MAMERTINE : ON NE

SÉRÉNUS

ME FAISAIT PAS MÊME LA GRÂCE DE ME DÉCAPITER DANS MA MAISON. NOS BIENS ÉTAIENT CONFISQUÉS : LA VENGEANCE DE PARTHÉNIUS ÉTAIT COMPLÈTE.

« MA SŒUR M'EMBRASSA GRAVEMENT ET ME DIT :

« — BÉNISSONS DIEU, MON CHER MARCUS. NOUS NOUS REVERRONS BIENTÔT. NE VOUS INQUIÉTEZ PAS DE MOI. MA VIEILLE ATHANA NE ME QUITTERA POINT, ET L'EXIL N'A RIEN QUI M'EFFRAYE PUISQUE DIEU EST PARTOUT. JE LE PRIE DE VOUS ASSISTER DANS VOTRE ÉPREUVE ET JE VOUS ENVIE L'HONNEUR QU'IL VOUS FAIT EN VOUS PERMETTANT DE MOURIR POUR LUI...

« ELLE DISAIT CELA TRANQUILLEMENT, DE SA VOIX HARMO-NIEUSE, ME PRÊTANT NAÏVEMENT UNE ÂME ÉGALE À LA SIENNE... MAIS TOUT À COUP, AYANT DÉTOURNÉ LA TÊTE, ELLE ÉCLATA EN SANGLOTS (SOIS BÉNIE POUR CETTE FAIBLESSE, SÉRÉNA !). MOI, LE CŒUR ME MANQUA EN LUI DISANT ADIEU, ET IL ME SEMBLA QUE J'ÉTAIS MORT PAR AVANCE.

« J'ARRIVAI À LA PRISON COMME ON Y AMENAIT LE CONSU-LAIRE CLEMENS, ET NOUS PÛMES ÉCHANGER QUELQUES PAROLES. L'ARRÊT IMPÉRIAL LE DÉCLARAIT COUPABLE, COMME MOI, « DE SUPERSTITION ET DE VIE JUDAÏQUE ». EN VÉRITÉ, IL ÉTAIT CONDAMNÉ COMME SUSPECT ET MÉCONTENT, CAR, DEPUIS QU'IL S'ÉTAIT DÉMIS DE SES FONCTIONS, IL VIVAIT DANS LA RETRAITE ET NE PRENAIT PART À AUCUNE CÉRÉMONIE PUBLIQUE. EN OUTRE, SES GRANDS BIENS AVAIENT TENTÉ L'EMPEREUR. LA FEMME ET LA NIÈCE DU CONSULAIRE ÉTAIENT, COMME SÉRÉNA, RELÉGUÉES DANS L'ÎLE DE PANDATARIA. CLEMENS, QUE J'AVAIS TOUJOURS REGARDÉ COMME UN FORT PETIT GÉNIE, ME PARUT ADMIRABLE DE SÉRÉNITÉ : SON PLACIDE HÉROÏSME ME FIT HONTE ET RELEVA UN PEU MON COURAGE. LA PENSÉE QUE MA CHÈRE SŒUR RETROUVERAIT DES AMIES DANS SON EXIL M'APPORTA AUSSI QUELQUE TRANQUILLITÉ.

« LE GEÔLIER EST UN BON HOMME. J'AVAIS
SUR MOI DE QUOI ÉCRIRE; IL M'A PROCURÉ UNE
LAMPE. IL A BIEN VOULU ME PRÉVENIR QUE
LE BOURREAU VIENDRAIT VERS LA POINTE DU

SÉRÉNUS

JOUR. J'AI ÉCRIT TOUTE LA NUIT. JE N'AI PLUS AUCUNE ATTACHE À LA VIE, ET LA MORT, ANÉANTISSEMENT OU PASSAGE DANS L'INCONNU, NE M'EFFRAYE PAS. JE ME SUIS REMIS, À PEU DE CHOSE PRÈS, DANS L'ÉTAT D'ESPRIT OÙ J'ÉTAIS L'AN DERNIER, QUAND J'AI VOULU MOURIR DANS MON BAIN... MAIS, AU DERNIER MOMENT, J'AI PEUR DE LA MORT QUI SOUILLE ET QUI DÉFIGURE; J'AI PEUR DE LA HACHE QUI PEUT MANQUER SON COUP... ON A POUSSÉ TRÈS LOIN, DE MON TEMPS, LA SCIENCE DES POISONS: LA PERLE CREUSE DE MON ANNEAU CONTIENT UNE GOUTTE D'UN LIQUIDE INCOLORE QUI ME TUERA EN QUELQUES MINUTES, PRESQUE SANS DOULEUR.

. . . .

« J'AI VU QUELS HONNEURS RENDAIENT LES CHRÉTIENS À L'OSSUAIRE OÙ SONT LES RESTES DES VICTIMES DE NÉRON. ILS VONT M'HONORER AUSSI COMME UN DE LEURS SAINTS. MAIS PUIS-JE À PRÉSENT LES DÉTROMPER? ET D'AILLEURS, À QUOI BON? JE SOUHAITE QU'ILS DEVINENT MON SUICIDE, JE SOUHAITE QU'ILS LISENT CETTE CONFESSION; MAIS JE NE FERAI RIEN POUR CELA. CAR SI SÉRÉNA SAVAIT COMMENT JE MEURS ET DANS QUELLE INCROYANCE, CE SERAIT POUR ELLE UNE TROP GRANDE DOULEUR... AU RESTE, J'ESPÈRE BIEN QUE TIMOTHÉE, QUI NE M'AIMAIT POINT, NE LAISSERA RENDRE À MES OS QU'UN CULTE MODÉRÉ... ET SI DES CŒURS SIMPLES ME VÉNÈRENT PLUS QUE DE RAISON, QU'IMPORTE ENCORE? C'EST LEUR FOI QUI LEUR SERA COMPTÉE, NON LES MÉRITES DU SAINT QU'ILS INVOQUERONT. PUIS, APRÈS TOUT, CE N'EST POINT UN MÉCHANT DONT ILS HONORERONT LA MÉMOIRE. J'AI CHERCHÉ SINCÈREMENT LA VÉRITÉ. JE ME SUIS EFFORCÉ, DANS MON ADOLESCENCE, D'ATTEINDRE À LA SAINTETÉ TELLE QUE JE LA CONCEVAIS. ET SI J'AI ÉTÉ PARESSEUX, VOLUPTUEUX ET FAIBLE, SI J'AI PEU FAIT POUR LES AUTRES HOMMES, J'AI TOUJOURS EU POUR EUX BEAUCOUP D'INDULGENCE ET DE PITIÉ.

. . . .

. . . .

« JE VIENS DE BRISER LA
PERLE ENTRE MES DENTS. ADIEU,
SÉRÉNA, MA SŒUR BIEN-AIMÉE !
LE MONDE N'EÛT-IL D'AUTRE
RAISON D'ÊTRE QUE LA PRO-
DUCTION (FÛT-CE À DE LONGS
INTERVALLES) D'UNE ÂME AUSSI
DOUCE ET AUSSI PARFAITE QUE
LA TIENNE, L'EXISTENCE DE CE
MONDE ININTELLIGIBLE ME SERAIT
ASSEZ JUSTIFIÉE... »

LES
SCRVPVLES
DE TIMOTHÉE

III

IMOTHÉE passa trois heures sur le manuscrit de Sérénus. Le commencement était d'une écriture assez nette. Mais Timothée ne savait que le latin du peuple; et la langue savante du jeune patricien lui échappait en bien des endroits. La dernière partie était peu lisible; et même il se trouvait que les passages où Sérénus affirmait clairement son incrédulité étaient presque indéchiffrables. Par hasard ces mots : « Le prêtre Timothée... était austère, désintéressé », se lisaient facilement; et la fin de la phrase n'était qu'hiéroglyphes.

Le vieux prêtre en restait donc aux soupçons sur le cas de Sérénus et sur sa fin païenne. Il aurait pu confier le manuscrit a un lecteur plus habile; mais, s'il désirait le mot de l'énigme, il ne craignait pas moins le scandale de la découverte. Puis, si Sérénus n'était pas

MORT POUR LE CHRIST, C'ÉTAIT À CAUSE DU CHRIST QU'IL AVAIT ÉTÉ CONDAMNÉ. ET PEUT-ÊTRE AVAIT-IL EU, AU MOMENT D'EXPIRER, UNE ILLUMINATION SUBITE, UN ÉCLAIR DE FOI ?

ALORS TIMOTHÉE SONGEA À BRÛLER LE MYSTÉRIEUX ÉCRIT. MAIS UN SCRUPULE, UN RESPECT DE LA MORT LE RETINT. IL S'AGENOUILLA ET PRIA QUELQUE TEMPS, ET, AYANT REMIS LE PARCHEMIN DANS SON ÉTUI, IL RETOURNA AU TOMBEAU DE LA VOIE ARDÉATINE.

IL GLISSA LE PETIT ROULEAU SOUS LA TUNIQUE DE SÉRÉNUS ET DIT TOUT HAUT :

— QUE SON CRIME OU SA JUSTIFICATION DEMEURE AVEC LUI ! SON ÉCRIT LE JUGERA. DIEU QUI SONDEZ LES REINS ET LES CŒURS, JE RECOMMANDE MON FRÈRE A VOTRE MISÉRICORDE.

SAINT MARC
LE ROMAIN

IV

'AN DE GRÂCE 860,
Angelran, abbé des bé-
nédictins de Beaugency-
sur-Loire, pieusement
jaloux des miracles opé-
rés dans la chapelle du
prieuré de Cléry par
les reliques de sainte
Avigerne, résolut
d'aller chercher à

SÉRÉNUS

Rome les cendres de quelque martyr d'importance pour en doter l'église de son abbaye.

Nicolas Ier, qui occupait alors le siège de Pierre, avait une dévotion particulière aux sépultures des saints martyrs. Elles étaient, à dire vrai, en assez mauvais état, ayant été pillées et à moitié détruites par Vitigès, roi des Goths, puis par Astolphe, roi des Lombards. Plusieurs papes avaient fait transporter dans les églises de Rome des tombereaux de saints ossements. Mais le trésor était loin d'être épuisé. Nicolas restaura quelques-unes des plus célèbres catacombes, en confia la garde à des sacristains; et il allait souvent y célébrer le sacrifice de la messe. Une de ces cryptes n'était autre que le tombeau de Flavius Clemens.

Ce fut là que, parmi beaucoup de noms obscurs gravés sur les pierres funéraires, Angelran remarqua le nom de Sérénus. Son épitaphe, rédigée par le fidèle Styrax, était ainsi conçue :

MARCVM ANNAEVM SERENVM MARTVR
SPIRITA SANCTA IN MENTE HAVÉTE

Angelran se souvint tout à coup qu'il y avait eu dans le palais de Néron un capitaine du nom de Sérénus, et il pensa qu'il avait sa tombe sous les yeux. Ce Sérénus était l'ami du philosophe Sénèque, qui, comme on sait, connut l'apôtre saint Paul. Évidemment Sérénus, initié par Sénèque à la foi chrétienne, s'était converti en secret; et, lorsque Néron persécuta les chrétiens, ayant osé les défendre devant l'empereur et lui résister en face, il fut condamné à mort. Angelran eut bientôt fait de reconstruire ainsi dans sa tête toute l'histoire du martyr. Il se promit de l'écrire à son retour et

SÉRÉNUS

D'AMPLIFIER DANS SON LATIN LE PLUS ÉLÉGANT CE CANEVAS SI VRAISEMBLABLE.

IL OBTINT FACILEMENT DU PÈRE DES FIDÈLES LA PERMISSION D'OUVRIR LA TOMBE ET D'EMPORTER LES RESTES VÉNÉRABLES DE M. ANNÆUS SERENUS AUQUEL IL DONNAIT DÉJÀ DANS SA PENSÉE LE NOM DE SAINT MARC LE ROMAIN.

LA PIERRE ENLEVÉE, ANGELRAN VIT CE QUI DEMEURAIT DU CORPS DU MARTYR : UNE TRAÎNÉE DE POUSSIÈRE BLANCHÂTRE MÊLÉE DE FRAGMENTS D'OS, ET, SUR CETTE CENDRE, LE PETIT ROULEAU DE PARCHEMIN, QUI, PAR UN PHÉNOMÈNE SINGULIER, S'ÉTAIT CONSERVÉ PRESQUE INTACT. IL ESSAYA DE LIRE CES ANTIQUES CARACTÈRES, ET, N'AYANT PU LES DÉCHIFFRER, IL SE DIT QUE PEUT-ÊTRE QUELQU'UN DE SES MOINES Y RÉUSSIRAIT MIEUX.

LA CHÂSSE DE SAINT MARC LE ROMAIN FUT INSTALLÉE DANS L'ÉGLISE DES BÉNÉDICTINS DE BEAUGENCY LE JOUR DE PÂQUES DE L'ANNÉE 861, AU MILIEU D'UN GRAND CONCOURS DE PEUPLE.

CEPENDANT ANGELRAN AVAIT REMIS LE MANUSCRIT DE SÉRÉNUS AU MOINE ADALBÉRON, LE PLUS SAVANT HOMME DE L'ABBAYE.

ADALBÉRON PARVINT, À FORCE DE TRAVAIL ET DE PATIENCE, À DÉCHIFFRER LA TRISTE CONFESSION. IL APPRIT AINSI QUE LE NOUVEAU SAINT N'ÉTAIT POINT, COMME L'AVAIT CRU L'ABBÉ, CET ANNÆUS SERENUS A QUI SÉNÈQUE A DÉDIÉ SON TRAITÉ DE « LA TRANQUILLITÉ DE L'ÂME », MAIS BIEN LE FILS DE L'AMI DE SÉNÈQUE, ET QUE CE PRÉTENDU MARTYR N'AVAIT PAS EU LA FOI ET ÉTAIT MORT EN PAÏEN.

MAIS DÉJÀ SAINT MARC LE ROMAIN ÉTAIT DEVENU POPULAIRE ET FAISAIT CONTINUELLEMENT DES MIRACLES. ADALBÉRON, NE VOULANT POINT TROUBLER LES CONSCIENCES DES FIDÈLES NI FAIRE LA JOIE DES MOINES DE CLÉRY, NE CONFIA SA DÉCOUVERTE À PERSONNE. TOUTEFOIS LA CONFESSION DE SÉRÉNUS LUI PARUT SI EXTRAORDINAIRE QU'IL N'EUT PAS LE COURAGE DE LA

DÉTRUIRE ET QU'IL GARDA LE MANUSCRIT IMPIE DANS UN COIN DE LA BIBLIOTHÈQUE DU COUVENT.

LA RÉPUTATION DE SAINT MARC LE ROMAIN ALLA TOUJOURS GRANDISSANT JUSQU'AU XIe SIÈCLE. VERS L'AN 1030, LE CLERC HARIULF, QUI DIRIGEAIT L'ÉCOLE CATHÉDRALE D'ORLÉANS SOUS L'ÉVÊQUE HÉRIGER, RÉDIGEA, D'APRÈS LES DITS DE TÉMOINS OCULAIRES ET DIGNES DE FOI, LES PROCÈS-VERBAUX DE VINGT-QUATRE MIRACLES OPÉRÉS PAR LA PUISSANCE DU SAINT. JE TRANSCRIS QUELQUES-UNS DES PLUS REMARQUABLES [1].

1° D'UN HOMME À QUI SAINT MARC RENDIT LES YEUX

« IL Y AVAIT À CLOSMOUSSU UN MAUVAIS PRÊTRE NOMMÉ GÉRALD. CE PRÊTRE AVAIT CHEZ LUI UN JEUNE HOMME NOMMÉ WITBERT QUI ÉTAIT SON COUSIN ET SON FILLEUL. UN JOUR, WITBERT ALLA À LA FÊTE DE SAINT MARC LE ROMAIN À BEAUGENCY. COMME IL REVENAIT, IL RENCONTRA EN CHEMIN GÉRALD ACCOMPAGNÉ DE TROIS DE SES PAROISSIENS QUI LUI ÉTAIENT TOUT DÉVOUÉS. GÉRALD DÉTESTAIT SON FILLEUL PARCE QU'IL LE SOUPÇONNAIT D'AIMER UNE DE SES PÉNITENTES. LE MÉCHANT PRÊTRE DIT À SES COMPAGNONS DE SAISIR WITBERT ET DE LE BIEN TENIR, ET, TANDIS QUE LE MALHEUREUX INVOQUAIT SAINT MARC À GRANDS CRIS, GÉRALD LUI ARRACHA LES YEUX ET LES JETA PAR TERRE. UNE PIE, D'AUTRES DISENT UNE COLOMBE, LES PRIT DANS SON BEC ET LES EMPORTA DANS LA DIRECTION DE BEAUGENCY. CE QU'AYANT VU, LE MÉCHANT PRÊTRE FUT SAISI DE REMORDS ET SE PRIT À PLEURER; ET DEPUIS, IL N'OSA PLUS CÉLÉBRER LA SAINTE MESSE.

« LA MÈRE DE GÉRALD, NOMMÉE ARSINDE, AYANT APPRIS LA

---

1. En réalité, ces miracles sont traduits du recueil des miracles de sainte Foi, vierge et martyre, par Bernardus Scholasticus (*Patrologie latine* de l'abbé Migne, t. CXLI).

SÉRÉNUS

CRUAUTÉ DE SON FILS, RECUEILLIT WITBERT ET LE SOIGNA. QUAND SES PLAIES FURENT CICATRISÉES, L'AVEUGLE SE MIT À COURIR LE PAYS EN CHANTANT DES CHANSONS, ET IL GAGNAIT FORT BIEN SA VIE ET SE DONNAIT DU BON TEMPS.

L'ANNÉE SUIVANTE, DEUX JOURS AVANT LA FÊTE DE SAINT MARC LE ROMAIN, COMME WITBERT DORMAIT, LE SAINT LUI APPARUT ET LUI DIT :

« — TU DORS, WITBERT ?

« — QUI ES-TU, TOI QUI M'APPELLES ?

« — JE SUIS SAINT MARC LE ROMAIN.

« — ET QUE ME VEUX-TU ?

« — JE M'INTÉRESSE À TOI. COMMENT TE PORTES-TU ?

« — PAS MAL.

« — ET COMMENT VONT TES AFFAIRES ?

« — ON NE PEUT MIEUX.

« — PEUX-TU TE DIRE SI SATISFAIT, TOI QUI NE VOIS PAS LA LUMIÈRE DU JOUR ?

« A CES MOTS, WITBERT, QUI DANS SON RÊVE CROYAIT VOIR, SE SOUVINT QU'IL ÉTAIT AVEUGLE.

« LE SAINT REPRIT :

« — VA À BEAUGENCY, ACHÈTE DEUX CIERGES; ALLUME L'UN DEVANT L'AUTEL DU SAUVEUR, L'AUTRE DEVANT MA CHÂSSE. J'AI PRIÉ DIEU POUR TOI PARCE QU'ON T'A FAIT DU MAL INJUSTEMENT. VA, ET TU RECOUVRERAS LA VUE.

« ET COMME WITBERT, SONGEANT AU PRIX DES CIERGES, NE RÉPONDAIT RIEN, SAINT MARC DEVINA SA PENSÉE :

« — NE T'INQUIÈTE PAS, LUI DIT-IL. VA D'ABORD ENTENDRE LA MESSE À TAVERS. LÀ TU RENCONTRERAS UN HOMME QUI TE DONNERA SIX DENIERS.

« WITBERT SE LEVA, ALLA À LA MESSE À TAVERS, RACONTA SA VISION À TOUS CEUX QUI ÉTAIENT LÀ ET LES PRIA DE LUI PRÊTER DOUZE DENIERS. LES GENS SE MOQUAIENT DE LUI ET

LE TRAITAIENT DE FOU. MAIS TOUT À COUP UN HOMME DE BIEN, NOMMÉ HUGO, S'AVANÇA VERS LUI ET LUI DONNA SIX ÉCUS ET UNE OBOLE.

« ALORS WITBERT, PLEIN DE CONFIANCE, SE RENDIT À L'ÉGLISE DES BÉNÉDICTINS DE BEAUGENCY. IL ACHETA DEUX CIERGES, LES ALLUMA ET PASSA LA NUIT EN PRIÈRES DEVANT LA CHÂSSE DE SAINT MARC.

« VERS MINUIT, IL LUI SEMBLA QUE DEUX GLOBES LUMINEUX, AYANT LA FORME DES BAIES DU LAURIER, MAIS PLUS GROS, DESCENDAIENT DU CIEL ET VENAIENT SE LOGER SOUS SES PAUPIÈRES, DANS LES DEUX TROUS OÙ AVAIENT ÉTÉ SES YEUX. EN MÊME TEMPS IL SENTIT UNE GRANDE LOURDEUR DE TÊTE ET S'ENDORMIT.

« Il fut réveillé par la voix des moines chantant matines. Il voyait !

« D'abord il douta du miracle. Mais, ayant aperçu dehors, par la porte ouverte de l'église, un âne qui était sur le point d'entrer dans le saint lieu, il cria à l'ânier : « Hé, là-bas ! rangez donc votre âne ! » Et aussitôt l'homme rangea sa bête. Sur quoi Witbert fut assuré qu'il avait recouvré la vue.

« Il passa encore une année à parcourir le pays afin de se faire voir aux gens qui l'avaient connu aveugle; puis il songea à son salut et entra dans un monastère. »

2° D'une jument ressuscitée

« Il y avait à Lestiou, à deux lieues de Beaugency, un ancien soldat nommé Foulque. Cet homme alla à Rome en pèlerinage, et il en revint monté sur une jument que lui avait prêtée son frère, lequel était un saint prêtre du nom de Bernard. En chemin, la jument devint malade. Foulque promit à saint Marc un cierge aussi long que la queue de la bête si elle guérissait. Mais la jument tomba un jour sur la route et mourut. Foulque voulut vendre sa peau à un aubergiste qui lui en offrit un prix dérisoire. Indigné de cette mauvaise foi, Foulque rompit le marché; puis, avec son couteau, il taillada partout, en long et en large, la peau de la bête morte, de façon que l'aubergiste n'en pût tirer aucun profit. Et en même temps il criait :

« — Qu'est-ce que cela aurait coûté à saint Marc, qui guérit tant de malades, de guérir aussi ma jument ? Je lui avais promis un si beau cierge ! Et encore cette jument n'est pas à moi et il faudra que je la paye

À MON FRÈRE. JE SUIS UN HOMME RUINÉ !
« COMME IL DISAIT CES MOTS, LA JUMENT
MORTE SE LEVA SUR SES PIEDS ET SE MIT À
HENNIR JOYEUSEMENT. LES PROFONDES COUPURES
QUE FOULQUE LUI AVAIT FAITES SE CICATRISÈRENT EN
UN CLIN D'ŒIL ET ELLES SE COUVRIRENT D'UN POIL PLUS
FIN QUE CELUI DU RESTE DU CORPS, ET D'UNE AUTRE COU-
LEUR; ET CELA FORMAIT COMME DES DESSINS QUI ATTESTAIENT
LE MIRACLE. »

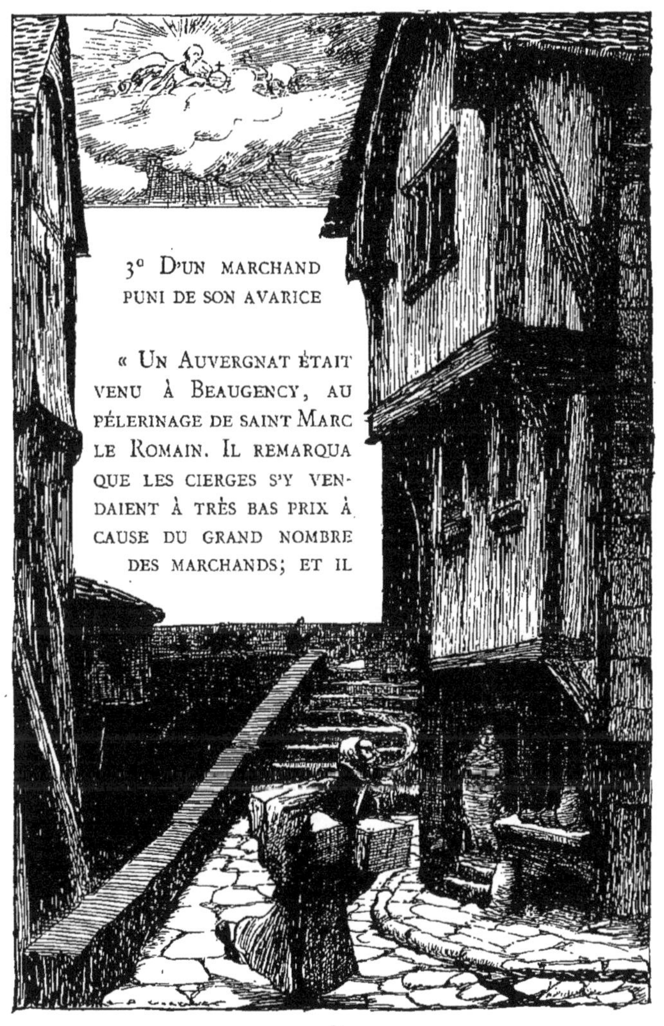
3° D'UN MARCHAND
PUNI DE SON AVARICE

« UN AUVERGNAT ÉTAIT
VENU À BEAUGENCY, AU
PÈLERINAGE DE SAINT MARC
LE ROMAIN. IL REMARQUA
QUE LES CIERGES S'Y VEN-
DAIENT À TRÈS BAS PRIX À
CAUSE DU GRAND NOMBRE
DES MARCHANDS; ET IL

songea que, s'il en achetait une grande provision, il les revendrait trois fois plus cher dans un autre pays. Il acheta donc tous les cierges qu'il put trouver et les mit dans des caisses. Mais un de ces cierges ne put tenir avec les autres. Alors l'Auvergnat l'appliqua contre sa poitrine entre ses vêtements, de manière que le gros bout était caché dans ses chausses et que le petit bout sortait par son collet sous sa barbe. Mais Dieu ne put souffrir l'audace de ce voleur. Le cierge s'alluma de lui-même, et le feu prit à la barbe de l'Auvergnat et à ses vêtements. Le malheureux, hurlant comme un damné, courut à l'église et se précipita vers la châsse de saint Marc en promettant de lui donner tous les cierges s'il le secourait. A l'instant même le feu qui le dévorait s'éteignit. »

Ces citations suffiront, je pense.

En 1793, lors de la dispersion des Ordres religieux, la bibliothèque de l'abbaye fut transportée à l'hôtel de ville de Beaugency, et c'est là que j'ai eu la bonne fortune de trouver, avec la relation des miracles de saint Marc le Romain, le manuscrit de Sérénus.

ACHEVÉ D'IMPRIMER

LE 30 MARS 1905

AUX FRAIS DE LA SOCIÉTÉ DES AMIS DES LIVRES

SOUS LA DIRECTION DE

MM. VICTOR MERCIER ET RAYMOND CLAUDE-LAFONTAINE

PAR DRAEGER FRÈRES

———

COMPOSITIONS DE AUG. FR. GORGUET

GRAVÉES SUR BOIS PAR PAILLARD

———

PAPIER FABRIQUÉ PAR PERRIGOT-MAZURE

LISTE DES MEMBRES DE LA SOCIÉTÉ DES AMIS DES LIVRES

COMITÉ

Président . . . M. Henri BERALDI, O. ✳.
Vice-Présidents . MM. Henry HOUSSAYE, O. ✳, I. ☙.
  Victor MERCIER, O. ✳.
Archiviste-Trésorier. M. Armand BILLARD.
Secrétaire . . . M. Raymond CLAUDE-LAFONTAINE.
Assesseurs . . . MM. Charles GRONDARD.
  Paul LACOMBE.
  Paul VILLEBŒUF.

MEMBRES TITULAIRES

Mᵐᵉ ADAM (JULIETTE).

MM.

ANFREVILLE (ALEXANDRE VICTOR D'), ✳.
BAPST (GERMAIN), ✳.
BARTHOU (LOUIS).
BERALDI (HENRI), O. ✳.
BESSAND (CHARLES ALLOEND), O. ✳.
BILLARD (ARMAND).
BONAPARTE (S. A. LE PRINCE ROLAND).
BORDES (ADOLPHE).
BORMANS (PAUL VAN DER VRECKEN DE).

MM.

Brivois (Jules).
Charmes (Francis), O. ✳.
Cherrier (Henri).
Clapiers (Marquis de).
Claude-Lafontaine (Raymond).
Clément (Lucien).
Collin (Émile).
Delafosse (Charles).
Descamps-Scrive (R.).
Déséglise (Victor), ✳.
Droin (Ernest).
Drujon (Fernand), ✳, I. ⚜.
Galichon (Roger).
Gallimard (Paul).
Gauthier (Ferdinand).
Girard (Antoine), I. ⚜.
Grondard (Charles).
Hanotaux (Gabriel), O. ✳.
Houssaye (Henry), O. ✳, I. ⚜.
Lacombe (Paul).
Laugel (Auguste).
Lebeuf de Montgermont (Comte Louis).
Lucas (Paul).
Manchon (Léon).
Masséna (Prince d'Essling).
Mercier (Victor), O. ✳.
Ouachée (Charles), O. ✳.
Paillet (Jean).
Portalis (Baron Roger).
Ribot (Henri).
Robert (Nicolas-Eloi).
Rodrigues (Eugène).
Savigny de Moncorps (Vicomte de), ✳.
Six-Deniers (Albert).
Solacroup (Émile), O. ✳.
Tricaud (Auguste).

MM.

Tual (Léon), I. ❀.
Vautier (A.), ❀.
Viefville (de), C. ❀, I. ❀.
Villebœuf (Paul).

MEMBRE HONORAIRE
S. M. La Reine Élisabeth de Roumanie.

MEMBRES CORRESPONDANTS
MM.

Arbaud (Paul).
Bibesco (Prince Alexandre), ❀.
Borderel (Jean), ❀.
Bordes (Henri).
Claretie (Jules), C. ❀.
Destombes (Pierre).
Dupuich (Georges), O. ❀.
Giraudeau (Léon).
Hoé (Robert).
Huvé (Jules).
Lachenal (Adrien).
Lehideux-Vernimmen (André).
Lemaître (Jules), O. ❀.
Le Senne (Eugène).
Matty-Hutchinson
Montozon (G. de).
Nivert (Pierre).
Pagès (Victor).
Raisin, O. ❀.
Révillon (Théodore), ❀.
Salvert-Bellenave (Marquis de), O. ❀.
Silvestre de Sacy (Jules).
Terah-Haggin (Madame).
Vever (Henri), ❀.
Werlé (Comte Alfred).